ひかる、汗

川西　蘭

目次

ひかる、汗

魔女の抱擁

1

闇が蠢《うごめ》いている。ゆっくりと呼吸するように収縮を繰り返す。闇の一部なのか、それとも闇になにか別のものが潜んでいるのか、わからない。目を逸《そ》らしたい。けれど、視線をずらした瞬間、闇から手が伸びてきそうだ。体を丸ごとつかめるくらい大きな手。毛むくじゃらな腕には筋肉が盛り上がり、太い血管が網目模様に浮き出している。拡《ひろ》げた手の、ごつごつした指の先には長く尖《とが》った爪が光っている。獰猛《どうもう》な野獣が牙を剝《む》き、咆哮《ほうこう》を繰り返すように闇が隆起する。逃げなければ。けれど、体が動かない。闇は動きを止める。来る。そう思った瞬間……。

青白い光がぼんやりとした縞《しま》模様を描いている。部屋の闇は薄い。まばたきをすると、部屋全体が見えるようになった。深呼吸をして、口の上まで引き上げていた薄手の毛布をゆっくりと胸のあたりまで下ろした。

鼓動はまだ激しい。すーっと鼻から息を深く吸う。肺が膨らんで腹を圧迫する感覚を意識する。吸いきったところで一度、呼吸を止め、腹の底に力を入れて、口から細く長く息を吐き出す。ヨガで習った腹式呼吸だ。数回繰り返すと、鼓動は平常に戻り、気持ちも落ち着いた。

上体を起こし、枕元に置いていたトレイから水筒を取り、コップに水を注いだ。まだ溶けきっていない氷が揺れ、カラカラと澄んだ音をたてた。

冷たい水を一口。こめかみが締めつけられるような感じがして目の奥が痛んだ。もう一口。頭の中に澱《よど》んでいた黒い靄《もや》のようなものが薄れていく。

もう一度、横になろうかと思う。眠気はそれほど強くはないけれど、体はまだ覚醒していない。体の奥底には粘りつくような重い疲れがある。それが消えることはもうないのだろう。

コップに口をつけたまま、少し迷い、結局、起きることにした。

高反発のマットを三つ折りにして、壁に立てかけ、外したシーツをまるめて左腕で抱え、右手に水筒とコップを載せたトレイを持って寝室を出た。がらんとした居間を抜け、キッチンの食卓にトレイを置いたあと、さらに進んで、浴室の手前の洗濯機にシーツを押し込んだ。洗濯機を動かし始めるにはまだ早すぎる。

キッチンでコップを洗い、湯を沸かして紅茶を淹《い》れた。

木製の食卓に椅子が二脚、キッチンにある家具はそれだけだ。食器棚は処分してしまった。日常で使う食器はシステムキッチンの収納スペースで充分に間に合う。

陶器のマグカップを手にベランダに出た。まだ夜は明け始めたばかりだ。空気まで青に染まっている。やや湿気を帯びた空気にはかすかに樹木の匂いがする。若葉から青葉へと季節は移ろうとしている。ベランダの手すりにもたれかかり、マグカップに口をつけた。舌に拡がる苦みと鼻先に漂う紅茶の香りにほっとする。味覚も嗅覚も正常だ。

敷地内の大きな欅《けやき》の向こうにうっすらと青い靄がかかった街が見える。建物が高台にあるせいで、ベランダからの視界は開けている。街並の向こうには大きな川が流れているが、今は、青みがかった灰色の濃い靄の下に沈んでいた。

夜明け前に目が覚めるのにも慣れてしまった。もともと眠りは浅い方だった。かすかな動き、小さな物音でも目が覚めてしまう。夫がいなくなって、しばらくの間は眠れない夜が続いた。物音がするわけでもなく、なにかが動く気配を感じるわけでもない。自分以外誰もいない、静寂な空間。けれど、その静けさや動きのなさに敏感になって安心して眠ることができなかった。

突然、夫を失った驚きのせいだ、と彼女は考えていた。けれど、三年の時がすぎても喪失感は消えることも薄まることもなかった。逆に自分の中にできた空洞は次第に大きさと深さを増しているようだ。空洞の中には闇が広がっている。その暗さと深さにはなすすべもなく慄《おのの》くばかりだ。この喪失感は不当だ、と彼女は思う。二人ですごしていた時の夫の存在感の希薄さとは釣り合わない……。

2

川を渡る風はひんやりとして気持ちが良い。橋桁の陰に逃げ込んで、彼女はようやく一息ついた。サングラスを外し、顔の汗をハンカチで拭う。思ったよりも気温が上がり、全身が汗ばんでいた。すぐにでも自宅に戻ってシャワーを浴びたい気分だった。

たまには外に出て気晴らしでもしないと、心を病んでしまうよ。

娘からのメッセージがスマホに届いていた。アドバイスにしたがって散歩に出た。テニスクラブの近くにある、馴染《なじ》みの店で野菜のサンドイッチとアイスティをテイクアウトした。併設のカフェは休業中だ。たまに散歩する公園は老朽化した体育館の建替え工事中で大型トラックの出入りが激しい。騒音もひどい。公園のベンチを諦めて、ランチを取るのに適当な場所を探して、川沿いの遊歩道を目指したところまでは良かった。

遊歩道を歩く人は予想よりも多かった。スタイルはさまざまだ。ジョギングに近いペースで早歩きする人もいれば、一歩一歩確かめるようにゆっくりと歩く人もいる。時々、ものすごい速さでスポーツタイプの自転車が走りすぎていく。歩く人たちは慣れているのか、脇に寄ってやりすごすと、何事もなかったかのようにまた歩き始める。常連の人たちの間では、一定のルールができあがっているのだろう。

けれど、馴染みのない彼女にはカオスだった。自分のペースで歩くには、道のどのあたりを進めばいいのか、判断できない。右端を歩くと、すぐに前の人に追いついてしまう。中央寄りにコースを変えると、今度は前との差が開きすぎて、後続の人から追い立てられてしまう。

楽しくない。言葉にすると、感情の輪郭がはっきりとした。歩くだけでも疲れるのに、気を使ってストレスを溜《た》めるのは苦痛以外のなにものでもない。娘の言葉に触発されたのを少し後悔していた。

薄曇りだった空はいつの間にか晴れ、日差しも強くなっている。川面《かわも》を渡る風だけが救いだ。

額に押しつけていたハンカチを拡げ、叢《くさむら》の上に置いた。どこでも良いから座りたい。ベンチは見当たらず、もう一歩も歩く気はしなかった。叢の上に座り、脇にサンドイッチの袋を置いた。持ち歩いたせいで紙袋は皺《しわ》だらけになっている。サンドイッチも変形しているにちがいない。アイスティを入れた水筒を開けようとした瞬間、強い風が吹いた。砂が舞い上がるのが視界の端に見える。反射的に彼女は上体を屈《かが》め、顔を右腕に押しつけて砂ぼこりを避《よ》けた。

突風が去るのを待って、顔を上げた。案の定、水筒には細かい砂がついていた。指先で砂を拭い、蓋を外す。内部には入り込んでいないようだ。アイスティを外した蓋に注ぎ、一口飲む。香りが鼻先に漂い、苦みが口に広がる。おいしい。けれど、最後に細かな砂の感触が舌先に残る気がした。

サンドイッチ。

左右を見回す。紙袋ごと吹き飛ばされて、見当たらなかった。

立ち上がり、背後を確認する。紙袋はない。ふと気配に気づいて、振り返ると、黒ずくめの少年が無言で紙袋を突き出していた。

「ありがとう」

紙袋を受け取ると、少年はなにも言わず、くるりと背を向けた。黒いキャップのうしろから、ひとまとめにした赤茶色の髪が肩の下あたりまで尻尾のように垂れている。

ありがとう。

もう一度、言ったけれど、反応はなかった。

少年は叢の中に立ち、川辺の方に体を向けて、左手に持ったタブレットに右手の指先で触れている。両手には指切りのグローブをつけていた。黒のキャップ、黒いフレームのゴーグル、顔の下半分あごまで覆う大きめのマスクも黒。長袖の機能性トップスの上にだぼっとした半袖のウェアを着て、膝丈のパンツからはロングタイツをはいた脚が伸びている。肌の露出はほとんどない。日焼け対策は完璧だ。足には高機能そうなシューズ。ジョギングシューズよりやや頑丈な作りで靴底が厚く、それなのに軽そうだ。背中には甲羅のようなリュック。なにかに特化されたスタイルに違いないが、なにに特化されているのか、彼女にはわからなかった。

「なにをしているの？」

少年の脇に立ち、タブレットを覗《のぞ》き込んだ。画面には遊歩道脇の叢とその中で飛び跳ねる青い小鬼のようなものが映っていた。少年の指は画面の下の方を小刻みにタップしている。正確で素早い動きだ。爪はきれいに切り揃《そろ》えられ、透明なマニキュアを施されたかのような光沢がある。

「ゲーム？」

少年はタブレットを下ろし、彼女の方に顔を向けた。ゴーグルに歪《ゆが》んだ自分の顔が映っている。

「ゲーム」

オウム返しのように少年は言った。声が少しかすれている。

小学校高学年くらいだろうか？　中学生にしてはまだ幼さが残っているようだ。身長は彼女とほぼ同じくらい。体重は少年の方が少し重いだろう。体はほっそりとしているが、腕や脚にはしっかりとした筋肉もついている。長距離走者のような体つきだ。娘に子供がいたら、ちょうどこのくらいの年齢だっただろう。

「見せてくれる？」

タブレットの画面を彼女の方に向けた。画面には叢と額に一本角が生えた青鬼が映っていた。視線を少しずらす。叢があるだけだ。両手を頭の上で振りながら、がに股でどこどこと地団駄を踏んでいる青鬼はいない。

バーチャル・リアリティ。言葉が浮かんだ。

「仮想現実」

「Augmented Reality」少年はぶっきら棒に言った。きれいな英語の発音だった。画面を消し、無造作に腕を背後に回して、リュックにタブレットを突っ込んだ。「拡張現実」

少年は川の上流に視線を向けた。風の動きを確かめるように頭を少し傾《かし》げた。自分には聞こえないものに耳を澄ませ、見えないものに目を凝らしているようだ。

「学校には行かないの？」

少年はリュックの上部から伸びた細いパイプの先を口にくわえた。透明な液体がパイプの中を流れるのが見えた。少年ののどが上下に動き、こめかみから一筋汗が流れ落ちた。

「行かない」

グローブで汗を拭うと、少年は彼女に背中を向けて、歩き出そうとした。

「勇者フジヤマ（brave_fujiyama）」

呼びかけると、少年はぎょっとしたように振り返った。画面の隅に表示されていた名前だ。ゲーム内での少年の名前に違いない。

「なにかお礼をしたいのだけれど」

彼女は紙袋を振って見せた。

少年はちらりと視線を向けただけで、すぐに興味を失ったようだ。

「もういいかな？」少年は早口に言った。「時間を無駄にしたくない」

「ごめん。勇者の邪魔をしたみたいね」

少年はじっと彼女を見つめ、すぐに視線を逸らした。その一瞬で自分が隅々までスキャンされた気分になった。

「婆《ばば》は勘違いしている」

声が聞こえた時にはもう、少年はやや前屈みになって歩き始めていた。曲げた腕を前後に振り、歩くピッチを上げる。向かい風に怯《ひる》む様子もなく、スピードに乗って、少年の姿は遠ざかっていく。叢の中に立ち、彼女は少年のうしろ姿を見送った。サンドイッチの紙袋が急に重さを増したように感じた。突然強い風が吹き抜けた。一瞬、顔を背けた間に少年の姿は消えていた。

3

モンスターは突然、出現する。だが、あわてる必要はない。向こうから攻撃をしかけてきたとしても一撃で倒されることはない。落ち着いて対応すれば、必ず勝利できる。勇者フジヤマと違って、ゲームを始めたばかりの自分の拡張現実ゲームにはレベルの低いモンスターしか現れない。

少年と出会った翌日から彼女は遊歩道の散歩を始めた。

どうせ歩くのなら、自分も同じゲームを始めてみようと思い立った。ただ歩くのだけでは張り合いがない。ゲームがあれば、歩行を苦行にしなくて済むかもしれない。

開店間もないショップを訪れ、最新式のスマートフォンを購入した。対応してくれたのは、茶色の髪をポニーテールにした若い女性店員だった。感じの良い微笑を浮かべて、軽くうなずきながら、話を聞いてくれた。拡張ゲームのあらましを話し、それができる機種が欲しいのだ、と伝えた。

「お客さまがお使いになるのですか？」

カタログを開きながら、さりげなく店員が訊《き》いた。

「いいえ……孫にねだられて」

「お孫さんに、ですか？」

カタログから彼女に視線を移した。目元の微笑は崩れない。優しいまなざしだ。

「私が使う」取り繕っても仕方がない。「年甲斐《としがい》もないと思うかもしれないけれど、ちょっとやってみたいと思って」

「わかります」店員は真顔になってうなずいた。「私もやっていますから」

上着の内ポケットからスマホを取り出した。私物のようだ。画面をタップして、彼女の方にそっと差し出した。マップの左下にプレーヤーのアイコン（灰色のフードつきの足下まで丈のあるガウンをまとった少女）と名前が表示されていた。

「賢者マーヤ（sage_maya）」

「コンピュータが決めたことですから」

プレーヤーの名前は指定できるが、職分はコンピュータから与えられるものらしい。なるほど。婆は勘違いしている。少年の言葉が耳に甦《よみがえ》った。どの世界にも案内役は必要だ。そして、賢者マーヤ（sage_maya）は、その役割に最適だった。

「プレーできる程度で良いですか？　それとも、最高のものをお望みでしょうか？」

もちろん、最高のものを、と彼女は答えた。

最新の高性能スマートフォンと大容量の薄型モバイルバッテリー、高速充電器。必要なものを一式買い整えた。アプリのインストールも設定も賢者マーヤが「ショップには内緒のサービス」でやってくれた。

「登録名はどうなさいます?」

「婆にして」

多少、自嘲の念はある。

「バーバですね」

おばあちゃんの愛称と賢者マーヤは思ったらしい。賢者だって時には勘違いをするだろう。

スマホを手にした賢者マーヤの目がわずかだが左右に揺れ動いた。

「どうかした?」

「職分が……。お気に召さなければ、別のＩＤでやり直すこともできますから」

「見せて」

おずおずと差し出されたスマホの画面の中央に名前と職分が表示されていた。

魔法使いバーバ(mage_baba)。

それがコンピュータが彼女に与えた職分だった。

「悪くない」アイコンはごつごつした杖《つえ》を持つ金髪の老婆だった。「私にぴったり」

ウォーキング用のウェアとシューズも新調した。臨時休業をきっかけに通っていたスポーツジムを退会して以来、運動とは縁のない生活を送っていた。ウェアやシューズも処分してしまって、手元にはない。簡素な生活は気楽だけれど、新しいことを始めるとなると、すべてを一から揃えなければならない。

半日がかりで買い物を終えて帰宅すると、すぐに拡張現実ゲームの準備に取りかかった。スマホにコードを差し込み、充電しながら、ゲームの説明書を読み始めた。

一時間ほど格闘したけれど、概要をつかむのも難しかった。

膨大な説明文を読まなければならないゲームを大勢の人がするだろうか？

単純な疑問だ。

たぶん、多くの人は説明書を読まないで、ゲームを始めているのだろうし、それで格別の不自由を感じてはいないのだろう。つまり、と彼女は思った。ゲームの基本だけ理解すれば充分だ。

登場するモンスターを捕獲すると、図鑑に登録される。歩いていると、さまざまな道具（アイテム）を得られたり、珍しいモンスターと遭遇できる。

とにかく歩くことです、と賢者マーヤの声が甦る。あとはスマホがやってくれます。

賢者の導きの言葉を疑う理由はない。

翌朝からモンスター探索の冒険が始まった。

最新のスマホを片手に開始したモンスター狩りの冒険は意外に飽きが来なかった。目標がほどよい距離で設定されていて、適度に休憩が取れ、気づかないうちに長い距離を歩くことができる。モンスターとのバトルは脚休めになるが、面倒な時にはコンピュータ任せにもできる。

近場の住宅街から探索を始めたが、立ち止まってスマホを操作していると不審者に間違われるおそれがあることに気づいて、住宅街からは早々に撤退した。ジョギングコースのある公園、老舗のテニスクラブ、数年前にできた新しいショッピングゾーン。マンションとオフィスの二棟建ての高層ビル（ツインタワー）の付近にもモンスターの出現スポットがあった。こんなところに作らなくてもいいのに、と誰しも思うことを彼女も思った。魑魅魍魎《ちみもうりょう》が現実に跋扈《ばっこ》しているのに。

ゲームに集中すると、水分補給を怠ったり、体力的な限度を超えて歩き続けたりしがちだ。その点にだけ注意するようにした。脱水やオーバーワークで倒れるのはみっともない。気温も上がり、日差しも強くなる時期だから、いくら注意してもしすぎるということはない。

始めたばかりの頃は、一時間も歩くと脚が痛んだけれど、十日がすぎ、半月がすぎると、三時間ほど歩けるようになった。もちろん、疲れはする。脚だけでなく、全身が痛む。家にたどり着く頃にはへとへとだ。モンスターを倒す魔女でもなんでもない。ただの疲れ果てた老婆だ。

老婆は温《ぬる》めの湯を張ったバスタブに身を沈め、目を閉じる。入浴剤の香りに包まれ、森林の奥にある美しい湖に身を横たえている気分になる。温《ぬく》もりがじわじわと体に染み込み、疲れや筋肉痛を消し去っていく。

ボトルから直《じか》に常温の水を飲むと、全身から汗が吹き出す。歩いている最中にはこまめな水分補給を心がけているが、それでも体は水分を欲している。口から飲んだ水は胃に流れ込み、やがて全身に行き渡って、汗となって流れ出る。自分が濾過器《ろかき》にでもなった気がする。かさかさに乾いていた皮膚は潤いを取り戻す。

早めに夕食を済ませ、午後十時前には床に就く。眠りはすぐに訪れる。目が覚めるのは、夜明け前だ。上体を起こし、しばらく闇を見つめている。闇の中になにかが潜んでいる。その感覚はなくならない。悪夢を見ているのかいないのかは判然としない。見ていたとしても口から悲鳴とともに心臓が飛び出してしまいそうなほどの恐怖を感じることはない。目を開いた時、なにか邪悪なものが直前まですぐそばに佇《たたず》んでいた気配を感じるだけだ。

脚は第二の心臓だ、と夫はよく言っていた。歩いていると、血流が良くなって、末端に溜まっている老廃物もきれいになる。

それは馬の話でしょ？

夫は肩をすくめて苦笑いを浮かべた。

競馬が夫のほぼ唯一の趣味だった。競馬場に足繁《あししげ》く通い、自宅にいる時にはラジオやテレビ中継にかじりついて、レースの結果や競走馬の状態を克明に記録していた。結婚した時点で競馬用の大学ノートは段ボール一箱分はあった。大きなレースの時には彼女を誘うこともあり、新婚の頃は何度かふたりで競馬場を訪れた。緑の芝生は目に優しく、競走馬の疾走する姿は美しく、気分転換にもなったけれど、子供が生まれてからは夫からの誘いもなくなった。四十歳をすぎた頃だろうか、京都で大きな事故があり、競走馬が予後不良となったニュースが流れたあと、夫は競馬をすっぱりとやめた。競馬新聞を買ってくることもなければ、テレビ中継を観《み》ることもない。食卓で話題にすることもなくなった。

復活したのは、定年退職して、半年ほどすぎた頃だ。

週末を所在なげにすごす夫を見ていられず、彼女が勧めた。切り出したのは、秋の午後だった。降り続いた雨が上がり、久しぶりにすっきりと晴れていた。窓を開けると、気持ちの良い風が吹き込んでくる。昼食ができた、と居間のソファで本を読んでいた夫にキッチンから声をかけた。夫は生返事をして、メガネを外し、閉じた本の上に置いた。すぐ慎重に歩を進めてキッチンの食卓にたどりつくと、ゆっくりと椅子に腰を下ろした。すべての動きが緩慢としていた。この人は老いたのだ、とその時、実感した。

うまそうだな。

つぶやいて、夫はフォークを手に取った。昼食はナポリタンだった。夫の好物だ。学生時代、アルバイトをしていた喫茶店の髭面《ひげづら》のマスターからレシピを教わった。喫茶店はテニスクラブの近くにあって、昼間は室内楽が流れる清潔な雰囲気でテニススクールに通う主婦や女子学生で賑《にぎ》わっていた。夕方からはレゲエが流れ、やや客層が変わって、ビールや軽いアルコール飲料がよく出た。彼女がバイトを終えたあとの深夜、店がどんなふうになるのか、マスターは教えてくれなかった。『パルフォム』。今は地産の有機野菜を使ったサンドイッチを売る店になっている。マスターから教わったレシピを忠実に守っていたけれど、夫が五十歳をすぎた頃から塩分を少しずつ減らしていった。

サラダも食べて。

夫は黙ってうなずくと、フォークにナポリタンを巻きつけた。

気晴らしに競馬にでも行って来たら？

思い切って言ってみた。前から考えていたことでもあった。楽しいことをしなければ、なんのための人生だろう？

……競馬？

最近、週末に出かけることもないから。

競馬か……。

ナポリタンとサラダを食べ終わると、夫は自分で紅茶を淹れた。

食事の片づけは夫の担当だった。今日はいい、と言ったけれど、夫は聞かなかった。これはぼくの楽しみだ。彼女が食べ終わるのを待ち、流し台の前に立って皿洗いを始めた。食洗機を使わず、手洗いするのが彼のこだわりだった。スポンジで丁寧に脂汚れを落とし、布巾で水滴をきれいに拭い取る。片づけを終えると、くるりと振り返って、立ったまま言った。

お言葉に甘えて、明日は競馬に行く。

それがいい、と彼女は言った。勇気を出して切り出して良かったと思った。

好きなものだけを見て生きるわけにはいかない。嫌なものも見なければならない。嫌なものを見たくないがゆえに、好きなものを見ないのは惜しい。もう、残された時間は長くはないのだから。

夫の最後の競馬ノートの冒頭に記されていた。彼女が再開を勧めた日の夜に書かれた文だ。幸い、夫は死を迎えるまで競走馬の事故を目にすることはなかった。競走馬たちはいつも神々しいばかりに体を光らせて、芝の上を疾走していく。美しいその姿を夫はいつも写真に撮ってスマホに送ってくれた。

4

三日ほど降り続いた雨がようやく上がった。

灰色の分厚い雲が空を覆い、空気は湿っぽい。けれど、雨粒が落ちてくる気配はない。空気は少しひんやりとしている。少しずつ雲が晴れてくれればいいのに。

薄手のレインウェアを羽織って、建物を出た。

路面はまだ濡《ぬ》れている。水たまりの端を踏んで、水滴が跳ね上がる。それだけで笑い出しそうになった。

長い急坂を下り、大通りの手前で信号待ちの間に、サングラスのレンズについた細かい水滴を丁寧に拭い取った。雨の名残りなのだろう、川沿いには濃い霧が立ち込めていた。

新しいショッピングゾーンを早足で通り抜け、遊歩道に上がった。歩いている人は少ない。川の上流に見える山々は灰色の雲と霧に包まれている。また雨が降り出しそうだ。

スマホの画面を確認して、ウォーキングの体勢を整えた。背筋を伸ばし、腹筋を意識して、肩と腕に力みがないようにする。視線は前方やや遠目に向け、あごを引き、肘を曲げて大きく腕を振り、広めの歩幅でしっかりと路面を蹴る。

最初の休憩地点でレインウェアを脱いだ。

まだ汗はかいていない。リュックにウェアを仕舞い、水筒を取り出した。マスクを外して、一口水を飲む。のどの奥にすっと消えるようだった。スマホの画面でモンスターの捕獲数とアイテムの取得数を確認し、アプリを閉じた。ミント味のタブレットを口に放り込んで、マスクをつける。リュックを背負うと、すぐに歩き始めた。

前を見て、腕を振り、歩幅を広くしてペースを維持することに集中していると、雑念が頭から消えていく。プールで長い距離を泳いでいる時と同じだった。


そろそろ限界だ、と思い始めてから、どれくらいたっただろう?

足を止めるタイミングを逃してしまった。

ぱっと視界が明るくなる。川面が輝き、風で叢が波打ち、きらめく。反射的に見上げた空は白い光を放つ薄い雲に覆われている。

急な夏の訪れだ。

こめかみから汗が流れ落ちた。反射的に指先で汗を拭う。マスクは汗を吸って湿っぽくなっていた。呼吸に抵抗を感じるほどではないが、早めに交換するに越したことはない。

もう少し歩けば、河川敷にサッカー用のピッチが何面かある。以前は「市営ゴルフリ決壊寸前になったことがあった。二十年近く前、記録的な大雨で河川敷は濁流に呑《の》まれ、土手も決壊寸前になったことがあった。水が引いたあと、壊滅したゴルフコースは、全天候型のサッカー用ピッチに生まれ変わった。幅広い年齢層の需要があると判断されたためだ。自治体としては珍しくその判断は正しかった。ゴルフコース時代よりもずっと多くの人がこのピッチを利用していた。

遊歩道脇には木製のベンチが並び、サッカー用のピッチを眺められるようになっていた。週末にはサッカーの試合や練習で賑わうピッチも平日の昼間は閑散としている。観戦用のベンチも空いているはずだ。

樹木の影のなかにあるベンチはすべて先客があった。

空いているのは、陽光に照らされたベンチだけだ。座面がぎらぎらと光り、いかにも熱そうだ。そっと手を当てて、ベンチの温度を確かめる。熱いけれど、火傷《やけど》するほどではない。リュックを置き、座面にタオルを敷いた。しばらく待てば、座れるようになるだろう。

帽子を取ると、それだけで解放感がある。籠もっていた熱が風の中に消えていく。ハンドタオルで額とこめかみ、そして首を拭った。

水を飲もうと水筒を傾けた時に右手になにかがぶつかった。金属製のバットでたたかれたような感じだった。

黒い影が目の前を通りすぎていく。それが電動自転車だとわかるまでに少し時間がかかった。走り去る電動自転車を追いかけるように、水筒が飲み口から水を零《こぼ》しながら転がっていく。拾おうとして右手を伸ばすと、手首がずきりと痛んだ。傷もなく、出血もしていない。手の甲が赤らんでいる。打撲だ。左手で右手の甲を撫《な》でながら、電動自転車を目で追う。うしろにチャイルドシート、たぶん、前には買い物カゴがついているのだろう。乗っているのは、日焼け対策を万全にした若い女性だ。電動自転車は歩く人をひらひらと躱《かわ》しながら遠ざかっていく。彼女にぶつかったことに気づいていないのだろうか？　戻ってくる様子はもちろん、停止する気配もなかった。やがて、電動自転車は土手を脇道へと下り、住宅街に消えていった。

彼女は軽くため息をつき、路面にできた水の跡をたどって、叢に転がり込んだ水筒を見つけた。

「婆」

影が手元を覆った。指切りグローブを嵌《は》めた手が、叢から水筒を拾い上げた。草の切れ端と泥を指先で拭ってから、黒ずくめの少年は水筒を差し出した。

「怪我《けが》は？」

「大丈夫」

水筒を右手で受け取る。手首が少し痛んだ。左手に持ち替えて、水筒を調べた。蓋の付け根あたりに大きな凹《へこ》みができて、蓋がきちんと閉まらなくなっていた。これでは水が漏れてしまう。修理もできそうになかった。

「座って」

短く言って、少年はベンチをあごで指した。

背負っていたリュックを下ろし、サイドポケットからポーチを取り出した。ポーチには応急手当て用品が入っている。少年は彼女の右手をそっと引き寄せ、手首にスプレーをかけた。冷たさが手首に染み込み、痛みを和らげる。余分な薬剤をティッシュで拭き取り、湿布を貼りつけた。スポーツ用の吸着力の高い湿布だ。

「ありがとう、勇者フジヤマ」

手際の良さに感心する。処置を終えると、少年はポーチをリュックのサイドポケットに押し込んだ。モンスター探索の冒険には怪我がつきものなのだろう。

「冷や水」

ペットボトルを右手に押しつけた。言葉と違って、ペットボトルは冷えていない。

「水は……」

用意している、と言いかけて、水筒が空になったことを思い出した。予備のボトルは持っていない。

「君のは？」

「これ」

リュックから突き出ているパイプを指先で弾《はじ》いた。リュックの中に大きな容器があり、そこには充分な水が入っているのだ、と早口で説明した。

「年寄りには」ボトルのキャップを外し、直に口をつけて水を飲んだ。硬水だと一口でわかった。「冷や水がお似合いか」

「手首は？」

「大丈夫。大したことはない」

気遣われるのは悪い気分ではない。無愛想な少年が急に身近な存在に感じられた。彼女はボトルからもう一口水を飲み、少年に笑いかけた。

「君のおかげ。ありがとう」

「デ・ナーダ（どういたしまして）」

少年は両手を腰に当てて、伸びをするように空を見上げ、しばらく動きを止めたあと、息をふっと吐いて、彼女の手元に視線を戻した。

「魔法使いバーバ」

ゴーグルをぴんと伸ばした人指し指で押し上げた。ふと思った。ゴーグルとマスクを外した時、お互いに相手を認知できるだろうか？　少年には可能かもしれない。けれど、たぶん、自分には難しいだろう。

「まだ続けている？」

うなずいて、彼女はスマホを見せた。少年は画面を一目見ただけですぐに視線を逸らせた。横顔には照れのような、かすかに嫌悪が入り混じったような、複雑な表情が浮かんでいた。

「でも、前ほど熱心ではない」

「魔女はすぐに飽きる」

リュックからタブレットを取り出した。ケースが頑丈なものに変わっていた。消耗が激しいのかもしれない。

「歩くのに忙しいのよ」

少年は彼女の方に顔を向けた。どう理解していいのか、迷っている風だった。

「歳《とし》を取ると」と彼女は言った。「ふたつのことを同時にするのは難しくなる」

少年は首を振った。肯定したのか否定したのか、よくわからなかった。タブレットの画面をタップして、リュックに戻した。

「それは歳のせいかな？」

「……そうじゃない？」

「たぶん。ぼくはまだ若いけれど」と勇者フジヤマは言った。「ふたつのことを同時にするのは苦手だ」

リュックを背負い、川の下流に体を向けた。風が強くなる。少年は右手を高く上げ、足を一歩踏み出した。影が揺らいだ、と思った次の瞬間には少年はもう十メートルほど先を歩いていた。

勇者フジヤマにミネラルウォーター一本の借り。

スマホのメモに書き込んで、ゆっくりと立ち上がった。急ぐ必要はない。水のあるうちに自宅に帰りつくことができれば、それでいい。彼女はスマホで時刻を確かめ、背筋を伸ばして、少年とは逆方向に歩き始めた。

5

ベルが鳴った時、一瞬、何の音かわからず、電話だと気づくまでに少し時間がかかった。汚れた皿を食洗機に入れてからキッチンを出て、居間の電話の受話器を取り上げた。

もしもし……。

聞こえてきたのは、建築設計事務所のオーナーの声だった。外出が思うようにできなくなる前は、月に一度は会っていた。四半世紀ほどつきあいのある、数少ない友人の一人だ。

すぐに出てくれないと、心配になるんだけど。

携帯にかけてくれれば良かったのに。

電話は古いコード式だ。スマホを使うようになってからは居間の隅に鎮座する大きな長持同様、アンティークな置物になっている。

何度もかけたわよ。

ソファに投げ出したままになっていたスマホに手を伸ばす。画面は真っ暗だ。時刻表示もない。電源ボタンを押したが、反応はなかった。充電が切れている。

大丈夫？

大丈夫よ。壁を背にして床に腰を下ろした。元気？

おかげさまで。

声には張りがある。友人はいつも活力に溢《あふ》れている。行動的で社交的。大手建設会社から独立してオフィスを構え、手堅い仕事と独創性で顧客の信頼を得て、業界では名の知れた会社に育て上げた。受話器から感じる圧力のようなものは、知り合った頃と変わらない。

で、なに？

安否確認。

なるほど。受話器を少し遠ざけて息を吐いた。

リフォームの催促よ、と友人は早口に言った。そろそろ考えても良い時期だと思わない?

……そうね。

リフォーム工事のすべてを友人の会社にまかせていた。こちらの一方的な都合で延期して、もう三年になる。正面の壁には本棚の跡が残っていた。夫が使っていた本棚も並べていた本も今はない。

その気になったら、連絡して、と友人は柔らかな口調で言った。いつでも対応できるようにしておくから。

ありがとう。

友人には感謝しかない。十年近くのブランクののちにフリーランスとして設計の仕事に復帰したものの、仕事に恵まれず、廃業を考えていた時に声をかけてくれた。急なお願いで悪いのだけれど、と切り出された仕事は納期まで本当に時間的な余裕がないものだった。徹夜が数日続くことを覚悟して彼女は受けた。やり遂げれば、道が開ける。そんな確信があった。仕事は、私生活のトラブルでプランを途中で投げ出した、浮気性の設計士の穴埋めだった。設計は納期前に無事完了し、依頼主も満足し、友人からは定期的に依頼が来るようになった。あなたの仕事はずっと見ていたの、と友人はある時、彼女に言った。最初の仕事から数年がたっていた。機会があれば、組んでみたいと思っていた。

ピンチヒッターとして最適だった？

相棒として、と彼女は少し酔った口調で言った。

たしかに、友人は相棒として無二の存在だった。家庭との両立ができるように彼女の都合を優先的に考えてくれ、仕事に関しては意見が対立することはあったが（それも激しく）、関係が破綻することはなかった。仕事相手として、人間として、つまり、相棒として彼女は友人を信用していた。

ひとつ、訊いていい？

いいけど、なに？

友人はちょっとためらった。珍しい。思ったことをずばずばと口にするのが、普段の友人だ。

あなたを見かけた人がいて……。雨の中を歩いていたらしいじゃない？　傘も差さずに。

友人に知らせるほどひどい姿に見えたのだろうか？　雨が降っている時にはレインウェアを羽織って、キャップの代わりにフードですっぽりと頭を覆う。たしかに、街を散策するには怪しげな格好ではある。

見かけた人によると、なんと言うか、ものすごく集中していた……聞いた通りに言うと、鬼気迫る形相だった。

急な雨で早く家に帰りたかったのだと思う。

なるほど。

その人は何者なの？　よく私だとわかったね。

あなたのファンよ。良かったら、一度、お茶でもしない？　彼も一緒に。

茶飲み友だちは、あなただけで充分よ。これ以上、交友関係を拡げても煩わしいだけ。

とにかく、と区切りをつけるように友人は言った。あなたが大丈夫だとわかって良かった。

お互いにね。涼しくなったら、二人でお茶でもしましょう。リフォームもその時までに考えておく。

受話器を置いて、電話を長持の上に戻した。長さ八尺五寸、幅と高さは二尺五寸。棺《かん》桶《おけ》代わりにできる大きさがある。百五十年以上も前に作られたものだけれど、頑丈で、蓋もきっちりと閉まる。家具のほとんどは処分して、残っているのはこの長持くらいだ。彼女の持ち物はすべてここに収まっている。彼女がいなくなれば、娘が長持を受け取り、たぶん、そのほとんどを廃棄処分にしてしまうだろう。

壁際に立って、居間を見回した。長持を除けば、古い二人がけのソファがひとつとスタンド照明が一台あるだけだ。キッチンには食卓がひとつ、椅子が二脚。どの部屋もがらんどうだ。寝室には高反発のマットとタオルケットがあるだけ。明日にでも床を剝がし、壁を取り去る工事を始めることができる。

リフォームを言い出したのは夫だった。

老後の生活に備えて、使い勝手が悪くなった部屋をリフォームするか、それとも新しい家に移るか、を考えるようになり、結局、この土地を離れる気にはならなくて、リフォームを選んだ。老後の生活を送るための部屋、となると、徹底してバリアフリーにして、かつ、自分たちの生活スタイルに合ったものにしたかった。今さら家に合わせて行動様式や性格を変えるのは苦痛だ。

君が設計すればいい。

夫は事もなげに言い、戸惑ったものの、彼女もそれが一番良いような気がした。勘を取り戻すのに少し時間はかかったけれど、思ったほど難渋することもなく、リフォーム案は完成し、夫も満足してくれた。

すぐに工事にとりかかろう。

夫の言葉を受けて、彼女は友人に電話をしてリフォーム工事の手配を依頼した。

古い家具や不用品をすべて処分した。売れるものは売り、残りは廃棄処分した。思い切って部屋を空にしてしまうと、不用品とがらくたの中で暮らしていたのだと実感した。必要なものなど数少ない。

リフォーム工事を終えたあと、新しい調度品を入れる予定だった。が、調度品を運び入れる前にリフォーム工事は中止になった。

夫が急に亡くなったためだ。

格別に持病があったわけでもなく、健康には気をつけていた。退職してからはほとんど酒も飲まず、一日一時間の散歩を習慣にしていた。前夜もいつもと変わらなかった。軽めの夕食を済ませ、早々に寝支度を整えて、ラジオを聞きながら、居間のソファで本を読んでいた。彼女が風呂から上がった時にはもう居間に姿はなく、ソファの上に読みかけの本が置きっ放しになっていた。本を閉じ、明かりを消して、彼女は自分の部屋に入った。

翌朝、いつもは早起きの夫が八時をすぎても部屋から出てこないのが気になって、ドア越しに声をかけた。返事がない。急に不安になって、部屋に入ったとたんに異変を悟った。

すべてが動きを失っていた。空気は重く、カーテンの隙間から漏れる光は弱い。夫は仰向けのまま、律儀に体を伸ばして目を閉じていた。枕にきちんと頭を乗せ、タオルケットはあごの下まで引き上げられていた。苦しんだ様子はない。顔は白く、薄闇の中でぼんやりと微光を放っているようだった。体に触れるまでもなかった。夫は逝《い》ってしまった。ここにはもういない。彼女は床に両膝をついた。背後からの光で板張りの床に自分の影が映っていた。影が震えるように揺れている。影を見ている以外、なにもできなかった。

喪失感はなかなか消えなかった。体の中に底なしの空洞ができたようだった。空洞はすべてを吸い取ってしまう。力も熱も時間も光も。哀《かな》しみもなく、涙も出てこない。ただ喪失感があるだけだった。

半年もすれば、気分は回復するだろう、と思っていた。結婚生活は短くない（四半世紀を超えている）けれど、一緒に暮らしたという実感はあまりない。もともと存在感の薄い人だった。恋愛感情があって結婚したわけでもない。学生時代からつきあっていた相手と社会人になって五年目に別れ、親の勧めで見合いし、元恋人への当てつけのように結婚したのが夫だった。後悔はしていない。けれど、夫を受け入れるまでには時間がかかった。本当に受け入れられたのかどうか、今でも自信はない。そんな人がいなくなって、なぜこれほどまでに自分の中に空洞が広がるのか、不思議でならなかった。

6

夜明けの遊歩道を歩いていた。

青黒い空を黒い影が飛び回り、ギャーギャーと鳴き声が響き渡る。背後から闇が襲いかかってくるような気がして、彼女は歩幅を拡げ、足の動きを速めた。

たとえ、ゆっくりと歩いても、追いつかれることはない。そう確信していた。追いかけてくる闇は、彼女を泳がせている。近づいて不安に陥れ、充分に恐怖を感じさせるのが目的だ。速く歩いても逃れることはできないし、立ち止まって闇に包まれたとしても追われている時以上の恐怖に搦《から》め捕られることもない。

胸の苦しさを感じ、マスクの下で大きく口を開けた。

新鮮な空気が流れ込んでくることはない。じめっとした生暖かい空気がのどの奥を撫でていくだけだ。口元に手を当て、少しマスクをずらして、鼻から息を吸い込んだ。湿った空気が草の匂いとともに鼻腔《びこう》から入ってくる。後頭部が少しだけすっきりとする。マスクを上げて鼻を覆い、空唾を呑み込んだ。出かける前に口にしたミントの香りがふいに鼻先に漂った。

胸が痛み、目に涙が滲《にじ》んだ。込み上げてきた嗚咽《おえつ》が漏れるのを止めることができない。長袖の機能性トップスに包まれた右腕に顔を押しつける。なぜ、泣くのか、自分でもわからなかった。ただ、自分は許されないことをしている、という思いだけがくっきりと胸に刻まれる。その思いから逃れることはできない。背後から執拗《しつよう》に迫る闇と同じように。

「婆」

目の前に白いものが突き出された。

足を止める。少年がすぐそばにいた。相変わらずの黒ずくめのスタイルだ。一夏をすごして、日焼けは濃くなっているようだ。

「なぜ、泣いている？」

彼女は首を振り、ティッシュペーパーを受け取った。遊歩道脇の叢に歩を進め、少年に背を向けて、マスクを外し、鼻をかんだ。

「急に胸が苦しくなって」

ティッシュペーパーをまるめて携帯用のゴミ袋に入れ、しっかりとチャックを閉める。スプレー式の消毒液を手指に噴きつけた。

「救急車を呼ぶ？」

「大丈夫」と彼女は言った。「精神的なものだから」

そう……。

少年はつぶやいたけれど、理解している風ではなかった。

「少し休んだ方がいい」

少年が先導するように草に覆われた土手を下りた。背の高い草の向こうにベンチがある。少年は振り返って、手を振った。うなずき返し、彼女は土手を下り始めた。足下はいつの間にか、明るくなっていた。カラスの鳴き声も聞こえない。闇の気配もなくなった。

朝露に濡れた座面を少年はティッシュペーパーで拭いてくれた。

「冷や水は？」

持っている。答える前に、少年がリュックのサイドポケットから水筒を引き抜いてくれた。中に入っているのは白湯《さゆ》だ。冷や水ではない。コップ代わりの蓋に注ぐと、湯気が立つ。珍しそうに少年はそれを見守っていた。

「お白湯」

「なに？」

「水を温めたもの」一口すすった。「魔法をかけたわけではない」

ふん、と少年は鼻を鳴らした。「それくらいは知っている」

「飲む？」

いらない、と首を振った。

彼女がベンチの座面を右手で軽くたたくと、少年は素直に腰を下ろした。今日は時間に余裕があるようだ。すぐに歩き出す素振りを見せない。

しばらくベンチに並んで、川を眺めていた。夜明けの陽光が水面をオレンジ色に染めている。脚の長い鳥が水の中から飛び立ち、二人の頭上で優雅に旋回して、山の方に去っていった。

「進んでいる？」

タブレットを取り出して、少年が訊いた。

「少しずつ」

実際、あまり進展はない。モンスターと闘うことや捕獲することに熱中できないせいだ。ゲーム部分はコンピュータに任せきりにしている。家を出る時にゲームの開始ボタンをタップするけれど、途中で気にすることはほとんどない。たまに、メッセージの到着を知らせる振動に気づいて、スマホの画面を確認ついでにゲームの進捗状況を把握する程度だ。帰宅するまで一度もスマホに触れないことも珍しくない。自分にとってスマホは必需品ではないのだと思う。

「勇者は？」

「その呼び方は嫌いだ」

タブレットの画面を消し、リュックに突っ込んだ。

「君は何者なの？」

一瞬、少年の表情が強張《こわば》った。ゴーグルとマスクで顔のほとんどが隠されていても表情の変化は伝わってくる。少年は膝の上で両手を組み合わせた。手袋から突き出た指先まで日焼けしていた。

「落ちこぼれのハブられっこ」

ぽつりと言った。

羽音がして、川面に波紋が広がった。舞い上がった鳥が逆光の中をシルエットとなって飛んでいく。

「ハブられっこ？」

「村八分にされる。誰もぼくと目を合わさない」

「だから、学校に行かないの？」

「行く必要がないから行かない」

少年は組み合わせた手を膝の上で弾ませた。「ぼくは優秀なんだ。あの学校で学ぶべきことはもうない」

「そう……」

たぶん、少年は嘘《うそ》をついていない。群を抜いて優秀な者は孤独だ。凡庸な集団からは疎外される。少年につきまとう陰の原因がわかった気がした。

「昔のように無理して通わなくていい。今はそういうのを許してもらえるんだ」

なるほど。

彼女は白湯を一口飲んだ。のどの奥にじわりと温もりが広がる。横目で少年をうかがう。やや厚めのソールがついた高機能シューズの爪先をこつこつと打ち合わせている。退屈で寂しそうだった。

「学校に行きたいとは思わない？」

「思わない」小さく首を振った。「もっと楽しい場所はある」

「どこに？」

組み合わせた手と足を同時に上下させた。空を見上げ、ゆっくりと彼女の方に顔を向けた。

「わからないよ」

「勇者なのに？」

少年はもう一度、空を見上げた。輝くような青さだ。夏はもう終わろうとしている。青い空の高さに、彼女は秋を感じた。

「婆」少年は空を見上げたまま言った。「そういう冗談は面白いの？」

「少しも面白いとは思わない」

「安心した」

許されるなら、少年の肩に手を乗せたい気分だった。軽くたたけば、彼女の思いは伝わるだろう。勇者フジヤマ（brave_fujiyama）、君はひとりではない。世界のどこかには君を理解してくれる人がいる。そして、理解したいと君が望む人もいる。

「世界は君が思っているよりも広い」

「勇者に向かってそれを言う？」

「いけない？」

「魔法使いにしては生意気だ」

少年はベンチから立ち上がり、川の方に歩を進めた。背の高い草の群生の手前で立ち止まり、小石を拾って、川に向かって投げた。ぎごちないフォームだった。生まれてから一度もキャッチボールをしたことがないのかもしれない。

彼女は白湯を飲み干し、水筒の蓋をしっかりと閉めた。ロックを確認してからリュックのサイドポケットに押し込む。スマホを見ると、娘からのメッセージが届いていた。

元気なの？　電話をしたいのだけれど、いつが都合が良い？

いつでも大丈夫。

メッセージの返信をして、スマホをしまった。

顔を上げると、少年がタブレットを手に目の前に立っていた。ゴーグルのレンズに朝の陽光が映っている。

「婆はどうして歩く？」

少年が訊いた。

「君は？　ゲームのため？」

「ゲームなんてどうでもいい」タブレットを軽くたたいた。「こいつにはGPS機能があるから、母親はいつでもどこでも位置確認ができる。それだけの話」

少年はタブレットをリュックに押し込んだ。母親は今も少年の位置を確認しているのだろうか？　少年が見知らぬ魔女と話をしているとは思いもしないだろう。スマホやタブレットの画面を通じて得られるものは限られている。

「君が歩くのは、なぜ？」

「時間潰しだ」少年は言った。「歩かないと、退屈で体が爆発しそうになる。婆はなぜ歩く？」

なぜ、歩く？　自分でもわからない。少なくとも拡張現実のゲームのために歩いているわけではない。それは少年と同じだ。と言って、爆発するだけの力はもう自分にはない。

「歩けるうちは歩いていたいから」

少年はまっすぐに彼女を見た。肩のあたりに微妙に力が入っている。少年の影がのしかかってくるように感じた。一夏の間に少年の体は一回りくらい大きくなったみたいだ。

「……魔法使いバーバ」

「なに？」

「泣きそうだ」

言うと同時に少年は地を蹴った。影が鳥のように空に舞い上がったように見えた。風が吹き抜け、叢がざわめいた。川面にさざ波が立つ。小さな鏡を撒《ま》いたようにきらきらとした光が飛び散った。

歩けるうちは歩いていたい。

彼女は立ち上がり、大きく伸びをして、土手を上り、朝の陽光に満ちた遊歩道を一歩一歩確認するように歩き始めた。

7

ひとりで寂しくない?

娘の声が薄闇の向こうから聞こえてくる。雑音がかすかに混じり、少し遅延もあるようだ。

寂しくはない。あなたは元気なの? 大丈夫、と言っている感じが受話器から伝わってくる。遠い場所にいるのだ、と改めて意識する。娘との間を隔てているのは距離だけではない。娘と充分な時をすごすことができなかった、という悔いが彼女にはあった。娘がまだ幼い頃に仕事に復帰した。これ以上、ブランクがあると、現役に戻れなくなってしまう。危機感は強かった。娘は愛《いと》おしい。けれど、娘のために自分の人生を犠牲にしたくはなかった。

娘は早々に自立し、彼女から離れていった。娘は遠い地でひとりたくましく生きている。そのことを彼女は誇らしく思う。今さらそばにいて欲しいとも思わないし、寂しいと言う気にもなれない。

お母さん、と娘は彼女を呼んだ。私、また結婚するかもしれない。

おめでとう。

ありがとう。でも、また失敗するんじゃないかと不安なの。

そんなこと、考えても仕方がないと思わない？

そうだけど、今度は添い遂げたいな、と思っていて……お母さんたちみたいに。

私たち？　ぎょっとした。どこからそんな勘違いが生まれるのだろう？　私たちはただ一緒にいるだけの夫婦だった。愛情があった時期などない。生活を維持するのに手一杯で、離婚を切り出す余力がなかったからだ。惰性で続けた結婚生活。娘は最初から破綻していた家庭に生まれ育ったのだ。

いろんなことがあったにしても、添い遂げられたのはすごいことだと思うよ。

なにもなかったのよ、と彼女は言った。胸の奥が痛んだ。なにもなかった。夫は空気のような存在で、なにかを起こす気にもなれなかっただけだ。

続けられるだけで私はいい。

娘は静かな声で言った。

そう思っている間にさっさと結婚してしまいなさい。

最後は説教めいた口調になった。受話器を置いて、彼女は大きな息を吐いた。体の中の空洞の、奥の奥に横たわる闇が蠢く。床に両膝をつき、顔を両手で覆った。わずかに開いた口から闇の底から湧き上がってきた熱気が流れ出る。自分が泣いているのだと、掌《てのひら》に涙を感じるまで気がつかなかった。

少年は黒ずくめの勇者スタイルで大きなスーツケースを運んでいた。これから旅に出る。肩にかけた黒いリュックを揺すって見せた。

魔物を狩りに？

そういうの、面白いと本気で思ってる？

勇者フジヤマ、元気で。世界はあなたが思っているよりずっと広い。きっと良い出会いがある。

魔法使いバーバ、と少年は爽やかな笑みを浮かべた。ありがとう。いい夢を見るんだよ。

自分はまだ夢を見ているのだろうか？

目を開けたはずなのに、見えるのは深い闇だった。

闇はゆっくりと蠢き、収縮を続けている。邪悪なものが闇と一体になっている。身動きもできず、闇を見つめ続ける。収縮が止まれば、次の瞬間、闇は凶暴な牙を剝いて、襲いかかってくるだろう。鼻から息を吸い込み、下腹に力を込める。恐怖は感じるけれど、パニックになる予感はない。いつもより冷静に対応できている。それは勇者と探索の冒険のおかげかもしれない。闇が収縮を止めた。空間が凝固し、時の流れも停止する。一瞬の間、素早く息を吸って身構えた。闇は蠢動《しゅんどう》し、大きな手となって伸びてくる。尖った爪が銀色の光を放つ。もう逃げない。両手を大きく拡げた。迫りくる闇を、彼女はしっかりと受け止め、力の限り抱き締める。

テニスの時間

1

土曜日の午後は、テニスの時間だ。

石岡貴彦《いしおかたかひこ》は真っ白なテニスウェアに身を包んで、コートに続く短い階段を駆け下りた。初秋の透明な日差しを受けて、コートのグリーンがひときわ鮮やかに輝いて見える。風はひんやりとして、乾いている。絶好のテニス日和だ。十六面あるコートのほとんどはテニスを楽しむ人たちで埋まっていた。貴彦はクラブハウス寄りの空いているコートに向かった。対戦相手はまだ姿を見せていない。時計は午後二時五分を指している。貴彦はコートに入り、ベンチにバッグを置くと、念入りにストレッチを始めた。

＊

土曜日の午後二時から午後六時までの四時間は、必ずテニスコートに立つ、と貴彦が決めたのは、中学に入った時だった。それからは、雨が降っても、風が吹いても、台風が来ても、土曜日の午後はテニスクラブですごした。クラブには、屋内コートもあったから、どんな天候でもテニスをするのに支障はなかった。

記録的な大雪で地下鉄以外の交通機能が完全に麻痺《まひ》してしまった時にも、貴彦は雪のなかを一時間近く歩いて（雪がなければ、三十分かからない距離だった）テニスクラブを訪れた。クラブは開店休業状態だったけれど、貴彦は誰もいないコートで黙々とサーヴィスの練習に励み、午後六時になると、シャワーを浴びて帰路についた。雪が降り積もった町はとても静かで、清潔な感じがして、別の世界に迷い込んだ気がした。もし別の世界に行っても、とその時、貴彦は思った。土曜日の午後にはテニスをしているだろうな。

貴彦が初めて自分のテニスラケットを握ったのは、三歳の誕生日だった。父親がバースディプレゼントとして子供用のラケットを買い込んできたのだ。貴彦はテニスという言葉の意味も知らなかったけれど、贈られたラケットを振り回して遊んだ。

彼がテニスラケットで遊んでいると、両親はとても喜んだ。貴彦の両親はテニスコートで知り合い、テニスコートで愛を育んだ、テニス愛好者だった。休日にテニスを楽しむ習慣は、彼らが結婚をしてからも続いていた。母親は貴彦を妊娠し、出産した一時期だけテニスコートから遠ざかったけれど、貴彦をベビーカーで外に連れ出せる頃になると、彼女は待ちかねていたようにテニスコートに復帰した。

貴彦が本格的にテニスを始めたのは、小学校に入学してからだ。両親は基礎的な訓練は専門家に委ねるべきだと考えていたから、貴彦はジュニアスクールに入れられ、同年代の子供たちと一緒にインストラクターからテニスの初歩を教わった。

二年後、貴彦はインストラクターに勧められて、もっと高度でハードな訓練をするジュニアチームに入った。プロを育成することを目的としていたから、コーチの指導は厳しく、訓練についていけないものは、容赦なく見捨てられた。若い頃にプロとして活躍した経験のある中年のコーチは、情熱的で、しかも冷酷だった。

毎日、コーチの罵声を浴びながら、ボールを追いかけてコートを走り回るようになると、ジュニアチームに入るまでのテニスや両親が夕食の席で話題にするテニスが、ひどく牧歌的なものに感じられた。

母親は、テニスがなければ、自分の人生はひどくつまらないものになっただろう、と何の疑いもなく信じていたし、貴彦にもそう言って聞かせていた。そんな時、彼女はまだ若々しさの失われない（けれど、さすがに目尻のしわは目立つようになってはいた）顔を薔薇《ばら》色に紅潮させ、恋する少女のようなうっとりとした目で（まるで少女漫画の可《か》憐《れん》な少女そのままに）傍らにいる夫を見るのだった。

両親にとってのテニスは楽しみであり、ふたりの愛の証《あかし》だった。

テニスコートで愛が芽生えるなんて、はずせばゲームを落としてしまうセカンドサーヴィスを、体のなかに残っているありったけの気力をかき集めて、のどの渇きや心臓の動悸《どうき》に耐えながら、ライン際に狙って打った経験のない人間の気楽な幻想だ、と貴彦は思うようになっていた。

小学校五年生の秋に転機がやってきた。

練習中、クロスにパッシングショットを打とうとした時に右肘に軽い痛みを感じたのだ。練習を終える頃には、ズキズキと痛んで、右腕全体が重く感じられるほどになった。サポーターをつけて、冷やしたけれど、痛みは治まらなかった。病院で診察を受けると、一月《ひとつき》はテニスをしてはいけない、と宣告された。貴彦は憂鬱な気分で病院を出て、その夜は夕食も食べずにベッドに横になっていた。故障で脱落した子供たちを、ジュニアチームに入ってから嫌になるくらい見ていた。肘、膝、踵《かかと》。負担がかかるところに故障は起こりやすい。練習を休むのが嫌で、負担をかけ続けると、取り返しのつかないほど悪化してしまう。トレーニングメニューは、体を痛めないように配慮されていたけれど、ライバルよりも少しでも早い上達を願う子供たちはメニュー以上に過酷なトレーニングに励むことが多かった。

一晩考えて、貴彦は練習を休むことにした。チームから脱落するのは、たまらなく悔しかった。けれど、自分の人生のすべてをテニスに捧《ささ》げるつもりはなかった。試合に勝つことは楽しいし、思いどおりのショットを打てた時の喜びは何にも替え難い。けれど、テニスはテニスだ、と彼は肘を故障する前から思っていた。テニスがなければ、人生は多少つまらなくなるかもしれない。でも、テニスだけが人生を豊かにするものではないはずだ。

コーチは医者の診断書を見ると、急に不機嫌になり、どうするつもりだ、と訊《き》いた。

当分、休みます、と貴彦は答えた。

大会はどうする？　と重ねてコーチは言った。二週間後だぞ。もちろん、無理強いはしない。診断書があるんだから。だけど、お前がやる気なら、私は協力する。

貴彦は首を振った。ぼくは休みます。一生、肘に痛みを抱えてすごすのは、まっぴらです。

一月後にお前がチームメンバーに復帰できるとは限らないんだぞ。

コーチは診断書をつき返した。

それで結構です、と言って、貴彦はコーチの部屋を出た。

テニスの練習から離れると、すぐに自分が同級生たちのごく普通の生活から掛け離れた生活を送っていたことを思い知らされた。クラスメートの話題についていけなかったのだ。彼らの話題は、学習塾での成績や志望中学の偏差値やコンピュータゲームだった。

貴彦はコンピュータゲームも持っていなかったし、学習塾にも通っていなかったし、受験が必要な中学に進学するつもりもなかった。両親は彼の学業成績についてはほとんど興味を示さなかった。受験勉強ほどくだらないものはない、というのが、銀行勤務の父親の信念だった。

コンピュータゲームにはあまり興味が湧かなかったから、貴彦は受験で同級生たちと共通の話題を持つことにした。勉強は嫌いではなかったし、(テニスの練習に膨大な時間を費やしていることを考えれば) 成績もそれほどひどくはなかった。

私立中学への進学を切り出すと、両親は反対こそしなかったけれど、積極的に支援するつもりはない、と明言した。

つまり、塾に行ってはいけないわけ？　と貴彦はちょっと絶望した気分で訊いた。

君にはテニスクラブがあるじゃないか、とにこやかに父親は答えた。

両親が自分の右肘の故障を重大なものと考えないのは、自分への愛情がないからだろうか？　と貴彦は思ったことがある。けれど、それはすぐに否定した。彼らはジュニアチームに所属する子供たちがどれほど過酷なトレーニングをしているのか、知らないだけなのだ。運動能力に恵まれた子供たちが楽しんでテニスをしていると信じているのだ。

一月練習を休むと、肘の痛みは消えた。けれど、貴彦は今まで通りにラケットを振ることができなくなっていた。ちょっとでも強く動かすと、肘に痛みが走る気がした。コーチは貴彦をレギュラーメンバーから外し、貴彦はジュニアチームに退会届を出した。

テニスは続けるのか？　と退会届を受け取ったコーチは最後に訊いた。

続けます、と貴彦は答えた。

楽しむことだ、とコーチはいつになく優しい目をして言った。テニスは本当は楽しいものなんだ。

貴彦はテニスクラブのごく普通のジュニアメンバーに戻った。特権は失われ、コートを使う時には、予約をしなければならず、しかも時には初心者や大人とコートを共有しなければならなかった。

相手をしてくれる親切なインストラクターがいなければ、貴彦はテニスをやめていたかもしれない。インストラクターは大学を出たばかりで、体力に余裕があるのか、初心者の指導の暇を見て、貴彦と打ち合ってくれた。おかげで半年もすると、貴彦は肘の痛みを恐れずにストロークできるようになり、今までに獲得した技術を失うことなく、テニスを楽しむことができるようになった。

週に三日テニスクラブに通い、午後十時にはベッドに入る、という生活習慣を変えないで、貴彦は受験勉強を始めた。睡眠時間を削ることは許されなかった。午後十時をすぎても机に向かっていると、母親が部屋に入ってきて、参考書を取り上げるのだ。

眠る時間よ、貴彦、と母親は言う。約束でしょう？　遅くまで勉強をしていると、体を悪くするわよ。

これほど協力的でない両親を持つ受験生がいるだろうか？　と貴彦は何度も思った。

一年間、塾にも通わず、模擬試験すら受けずに、独力で勉強し、貴彦は受験に臨んだ。

テニスで培った体力と気力と集中力と、幸運にも恵まれて合格した。

おめでとう、と結果を聞いて父親は言った。それで、君はあんなエリートの卵たちが群れているような男子校に本当に行くつもりなのか？

そう訊かれて、貴彦は少し迷った。受験した中学にとりたてて魅力は感じていなかったのだ。貴彦がその中学を選んだのは、単に入学が難しいからだった。

もちろん、行くよ、と貴彦は答えた。それとも、行ってはいけない経済的な理由でも我が家にはあるの？

そんなものはない、と父親は答えた。ただね、君の本心を聞いておきたかっただけだ。

貴彦の私立中学入学を手放しで喜んだのは、祖父母だけだった。彼らは興奮した口調でお祝いの電話をかけてきて、何でも好きなものを買ってあげる、と口々に言った。

祖父母の申し出は、単純に嬉《うれ》しかったけれど、少しはしゃぎすぎだ、と思う点では両親と意見が一致した。

中学に入学すると同時に、貴彦はテニスの時間を週末の四時間だけに限定する、と宣言した。

両親はちょっとしたパニックに陥った。彼らは受験から解放された彼が小学校時代にもましてテニスに熱心に取り組むだろう、と信じていたからだ。

両親のあらゆる説得を貴彦は受け入れなかった。自分たちの教育方針がどこかで間違っていたのではないか、と両親は真剣に悩み、ため息をつく夜が続いた。けれど、結局、彼らは説得をあきらめ、愛の証としてのテニスの世界にふたりだけで帰っていった。

貴彦は今までテニスに費やしていた時間を別の楽しみに使うことにした。音楽を聴き、絵を描き、天体望遠鏡をのぞいて、パソコンのキーボードをたたく（必要なものは、すべて祖父母に買ってもらった。望めば、最新式のジェットヘリでも買ってくれるのではないか、と思えるほど気前が良かった）。貴彦は自分の生活に満足していた。満足しなければならない、と思っていた。

2

その土曜日の午後（テニスクラブへと続く坂道の両脇の桜が咲き始めた頃だ）、テニスコートに新顔がいた。背が高く、手足の長さを持て余しているような日焼けした少年だった。髪を短く刈り、使い込んだテニスラケットを持ち、真新しいシューズをはいて、少年はコートサイドに立っていた。

インストラクターが貴彦を手招きし、少年を紹介した。高木《たか ぎ》昭一《しよういち》、と彼は名のり、よろしく、と会釈した。ぼーっとしていて、とらえどころがない感じだった。年を訊くと、同い年だった。父親の仕事の関係で引っ越して来たらしい。言葉には柔らかい関西なまりがあった。

インストラクターは彼らに、軽くワンセットマッチをしてみてはどうか、と勧め、ふたりはコートに立った。

高木がサーヴィスの練習を始めると、貴彦は顔を引き締めた。高い位置から打ち出されるサーヴィスにはスピードがあり、正確にコントロールされていた。手ごわい相手だ。小学校時代に大きな大会に出て、戦った選手たちのことを彼は思い出した。中学に入ってからの二年間、貴彦はテニスクラブ内での試合にしか出ていなかった。ラケットを握り直して、深呼吸を繰り返し、集中力を高めようと努力した。

ゲームが始まり、三十分もしないうちに、貴彦は自分の負けを覚悟した。高木のショットは正確で、威力があり、貴彦はコートを走り回らされた。スコアは僅差だったけれど、内容は貴彦の一方的な負けだった。

ゲームが終わると、高木は貴彦と握手をして、つまらなそうにコートサイドのベンチに座った。タオルで汗を拭いながら、別のコートで始まったゲームをぼんやりと眺め始める。勝利を喜んでいる様子はまったくなかった。

貴彦は汗が引き、呼吸が整うまで待ってから、インストラクターに近づいた。

「あいつ、何者ですか？」

「テニスボーイだよ」とインストラクターはにやりと笑って言った。「かなり優秀だろう?」

「そうですね」

　悔しさが顔に出ないように気をつけた。

　貴彦はもう一度高木を見やり、何か言いたげな顔をしているインストラクターから離れた。彼のもくろみはわかっている。高木に対抗心を燃やして、貴彦がもう一度テニスに情熱的になるのを期待しているのだ。

　貴彦はインストラクターの視線を背中に感じながら（でも、絶対に振り返らなかった）、高木の隣に腰を下ろした。

　高木は面倒臭そうに貴彦を見て、コートに視線を戻した。コートでは、女の子たちがダブルスのゲームをやっていた。ビギナーのゲームがどうしてそれほど気になるのか、貴彦にはまったくわからなかった。

「いつからやってる?」と貴彦は訊いた。

　高木はなかなか答えなかった。

「いつから、やってる?」

　もう一度、訊いた。

　高木はようやくビギナーたちのゲームから目をそらして、貴彦を見た。

これは漫才でいうところのボケではないか、と貴彦は一瞬考えた。関西では日常的に漫才をやっている、という噂《うわさ》は本当なのだろうか？

「何を？」

「テニス」

用心深く言った。

ああ、と高木は了解したようにうなずき、三秒ほど考え込んだ。「十年くらい前から」

「試合には？」

「出てたけど？」

どうしてそんなことを訊くんだ、とでも言いたげだった。高木は社交的なタイプではないようだ。貴彦だってそれほど人当たりは良くないけれど、高木ほど強固な壁を自分のまわりに築く態度は取らない。

貴彦はほとんど表情を変えない高木の顔から視線をそらした。高く舞い上がったボールが大きな弧を描いて、バックラインぎりぎりに落ちる。偶然が生んだ絶妙なロブショットだった。白いウェアを着た、ほっそりとした女の子が転がるボールを拾いにいった。ポニーテールにまとめた髪の毛が明るい日差しのなかで楽しげに弾んでいた。

「強かったんだろうな」と貴彦は言った。「今も強いけど」

テニスの試合について話す時、貴彦は無意識のうちに過去形を使ってしまう。

「そうやね」と高木はつまらなそうに言った。「結構、強かったね」

彼も引退した選手なのだろうか？　ふと貴彦は思ったけれど、すぐに打ち消した。高木は今でも現役に決まっている。彼はこれから実績をあげていくプレーヤーだ。

「来週も来る？」

貴彦が訊いた。

「明日も来るよ」と高木は答えた。「他にすることがないから」

貴彦はベンチから立ち上がり、インストラクターの横を通りすぎて、いつもの仲間たちと練習を始めた。インストラクターは貴彦と入れ替わりに高木に近づき、別のコートでボールを打ち始めた。高木はインストラクターとほぼ互角に打ち合っていた。

「貴彦」と二歳年上のプレーヤーが声をかけた。「いいライバルができたな」

貴彦は返事をせずにクロスにパッシングショットを放った。バランスがほんの少し崩れて、ボールはサイドラインを越えた。練習不足だ、と貴彦は唇を嚙《か》んで思った。

翌日から夜のジョギングを始めた。

約一時間、ゆっくりとしたペースで夜の住宅街を走る。気分転換のため、と母親には説明した。なまっている体をもう一度鍛え直すのだ。高木ともう一度、ゲームをして、できれば勝ちたい、と貴彦は思っていた。そのためには、どうしてもトレーニングが必要だった。準備が整うまでは、たとえ機会があっても高木とはゲームをしない、と決めていた。負けた時に、言い訳をしたくなかったからだ。

三か月もすると、見た目にも体がしっかりとしてきた。

土曜日の午後のテニスも以前とは比べものにならないほど真剣に取り組むようになった。漫然とボールを打つことをやめ、一日のテーマを決めて練習に臨んだ。今日はボレーの練習だ、と決めた日には、いくら誘われてもグラウンドストロークの練習には参加しなかった。インストラクターは貴彦の変化に気がつかないふりをしていた。練習に口出しすることもなければ、励ますような声をかけることもなかった。インストラクターは、求められれば、貴彦の相手をするだけで、大抵は遠くから彼の練習姿を見守っていた。

貴彦が黙々とトレーニングに励んでいる間、高木は相変わらずつまらなそうにテニスをしていた。無口なせいか、友人もできず、高木の個人的な生活について知っている者はほとんどいなかったし、彼のことがロッカールームで話題になることもなかった。

梅雨が明け、夏らしい太陽が照りつけた土曜日の午後、クラブ内でミックスダブルスのゲームが行われた。インストラクターがペアの実力がほぼ等しくなるように男女を組み合わせた。強い男の子には初心者から抜け出したばかりの女の子を、強い女の子にはアベレージクラスの男の子を、といった具合だった。ジュニアチームのメンバーたちは、もちろん、こんな遊びのゲームには参加しない。彼らは専用のコートで、もっと大きな大会のために練習をしている。けれど、コーチだけは、埋もれている才能を見出すためか、時折コートサイドに立って、厳しい表情でゲームを見守っていた。

貴彦は顔なじみの早苗《さなえ》とペアを組んだ。小学校の頃からの知り合いだ。小柄で色が黒く、敏捷《びんしょう》に動くわりにテニスは下手だった。

よろしくな、と言うと、彼女はしかめ面《つら》を作った。

「貴彦が相手か」

「不満なのか？」

週に四時間だけテニスをしていても、彼はクラブのなかでは、常にトップクラスにいた。

「あたし、優勝を目指していたのに」

本当に不満そうだった。怒ってもいいのではないか、と貴彦は思った。けれど、彼は怒らなかった。ペアを組む相手との口喧嘩《くちげんか》は避けた方が賢明だ。

「優勝をすれば、いいことでもあるのか？」

貴彦はガットの張りを確かめながら言った。ガットは張り替えたばかりで緩みはない。

「タルトタタンとミルクティ」

「何だ？　それは」

「佳美《よしみ》との賭《かけ》」

「なるほど」

つぶやいて、ペアの組み合わせ表を見た。仲川《なかがわ》佳美とペアを組んでいるのは、高木昭一だった。佳美の実力は早苗とほぼ互角だ。現時点では最強のペアと言えるだろう。

「ゲームは終わってみるまでわからない」

貴彦は言った。

「どうだかね」と早苗は首を振った。「小学生の頃の貴彦だったら、期待できるけれど」

「そうだな」と貴彦は言った。「あの頃は高木がいなかった」

試合が始まった。順調に行けば、決勝で高木と佳美のペアに当たるはずだった。

佳美は背の高い、スリムな女の子で、スコートから伸びた脚がすばらしく綺麗《きれい》だった。同年代の女の子よりも大人っぽい雰囲気を持ち、感情の起伏をあまり表に出さなかった。顔だちは整っていたけれど、それを意識しすぎているところがあって、厭味《いやみ》な女だと貴彦は思っていた。

貴彦と早苗のペアは、初戦を大差で勝った。体の動きが良く、ショットが冴《さ》えて、早苗がいなくても勝てるのではないか、と思えるくらいに貴彦は活躍した。

実際、早苗はほとんどボールを打たなかったし、ゲームの途中で何度かあくびをした。もう少しまじめにできないか？　とインストラクターは見かねて注意をした。

　高木と佳美のペアは苦戦した。実力では絶対に負けるはずのないペアとの対戦だったけれど、一セットを簡単に取られ、二セットめは接戦になり、結局、タイブレークで高木が大きなミスを続けてゲームを落とした。

　テニスでは信じられないことがよく起こるけれど、貴彦は目の前で無残に負けた高木のプレーぶりが信じられなかった。サーヴィスは入らず、ショットはばらつき（フレームショットすら見せてくれた）、スマッシュを二度も空振りした。

　高木はひどく傷ついた顔をして、コートを離れると、肩を落として、ロッカールームに入っていった。

　佳美は形の良い唇をねじ曲げて、敗戦の屈辱に耐えていた。わたしのせいではない、と大声で叫んでいるのと同じだった。責任をすべて高木に押しつけ、自分は悲劇のヒロインを演じているのだ。そうでなければ、プライドの高い佳美が、コートサイドで他人のゲームを見守っているはずはなかった。

「これで優勝はわたしたちのものね」

　早苗が嬉しそうに言った。

　早苗の言葉通り、彼らのペアは順調に勝ち進んで、危なげなく優勝した。タルトタタンとミルクティをものにして、早苗は大はしゃぎだった。久しぶりに試合をして、勝利を手にしたのに、貴彦はまったく喜びを感じなかった。

ロッカールームに行くと、着替えた高木が椅子に座って、ぼんやりと窓の外を眺めていた。五十センチ四方の窓から見えるのは、クラブハウスの裏手にある、古いビルの灰色の壁だけだった。

「どうしたんだ?」

貴彦は声をかけた。

「どうもしない」

高木は答えた。

シャワーを浴びて、着替えを済ませても、まだ高木は椅子に座って、灰色の壁を眺めていた。

「帰らないのか?」

バッグを持って、高木に近づいた。肩を落とし、やや猫背になっている高木は、いつもよりふた回りくらい小さく見えた。

「帰るよ」

面倒臭そうに高木は言った。

「じゃあ」と貴彦は高木の肩に手を置いた。「一緒に帰ろう」

高木は顔を上げ、不審そうに貴彦を見ていたけれど、軽くうなずくと椅子から立ち上がった。影がゆらりと揺れ、貴彦の方に倒れかかってくる感じがした。ふたりがクラブハウスを出ると、外は薄暗くなり始めていた。風は少しだけ涼しくなっていた。

「チャーデモシバケヘンカ?」

高木は六本脚の鶏《にわとり》でも見るような顔をした。貴彦はもう一度繰り返した。

「大阪では、お茶を飲みに行くことをこう言うんじゃないのか?」

あほらしい、と高木は首を振った。「どこで覚えたのか知らないけれど、その言い方は間違っているよ。それに、俺は関西に三年いただけで、根っからの関西人じゃないんだ。東京近郊で生まれたんだ」

「最初からそう言ってくれれば、気をつかわなくて済んだのに」

貴彦は多少うらみがましく言った。

「気をつかったのか?」高木は目をパチパチさせた。「変わった気のつかい方だな」

「コーヒーでも飲まないか?　ミルクセーキでもいいぜ」

「俺は紅茶が好きなんだ」

テニスクラブの門を出て、坂を下り切ったところにこぢんまりとした喫茶店がある。『パルフォム』という、髭面《ひげづら》のマスターが経営している店で、客の九割はテニスクラブを利用する人々だった。

ドアを押し開けると、ボブ・マーリーの歌声が迎えてくれた。昼間は、テニススクールに通っている主婦や女子学生たちのために室内楽が流れている。午後六時になると、レゲエに切り替わり、深夜になると（これはマスターから聞いた話で、貴彦が確認したわけではない）ジャズが流れる。

室内楽の時間には、ソフトドリンクと軽食が出され、レゲエの時間にはアルコール飲料が加わり、ジャズの時間には、マスターの言によれば、子供には教えられないものが出される。

三つしかないテーブルのひとつは、早苗と佳美に占領されていた。タルトタタンとミルクティを前にして、早苗はぺちゃぺちゃとしゃべり続けていた。

貴彦と高木は壁際のテーブルについた。早苗が気づいて、胸の前で軽く手を振った。背中を向けている佳美は、振り向きもしなかった。たぶん、そうやって自分がひどく傷ついていることをアピールしているのだ。

「何か食べる？」

メニューを差し出すと、高木は憂鬱そうに首を振った。佳美がいる可能性を考慮しなかったのは、自分のミスだな、と貴彦は思った。幸いなことに、音楽が大きくて、彼女たちの会話の内容は聞こえない。つまり、高木は佳美の厭味を聞かなくて済む。けれど、まあ、無言の抗議も相当にこたえる。

コーヒーと紅茶を注文して、貴彦は早苗と佳美のいるテーブルの方を見た。彼女たちはひそひそ話を続けていて、すぐには帰りそうもなかった。

「ひどいゲームだったな」

コーヒーと紅茶が運ばれてくると、貴彦は思い切って言った。高木は目を上げ、一瞬、力を込めて貴彦をにらんだ。日焼けした顔が少し赤らんでいる。

「ひどいプレーだった」

貴彦は追い討ちをかける。どうしてこんなことを言う気になったのか、自分でもよくわからなかった。たぶん、八つ当たりだ、と貴彦は思う。せっかくトレーニングを積んだのに、高木があっさり脱落してしまって、半年近くの努力が無駄になってしまったからだ。

「何とか言えよ」

高木は不機嫌に黙り込んだままだ。紅茶をすすり、舌先で唇をなめる。健康そうな白い歯がほんの少しのぞいていた。

「今日は調子が悪かったんだ」

高木が低い声で言った。

「悪いものでも食べたのか？」

「いいや」

「腰がふらついていたぜ」

高木はまた顔を赤らめた。居心地悪そうに上体を揺らし、カップに残っていた紅茶を飲み干すと、乱暴にソーサーに戻した。

「誰にでも調子が悪い時はある」

「もちろん、ぼくだって調子が悪い時はある。でも、あんな無様なプレーはしない」

「無様なプレーで悪かったな。でも、それでお前に迷惑がかかるわけじゃない」

高木はポケットから五百円玉を取り出して、テーブルに置き、椅子から立ち上がった。大股に歩いて店を出ていく。心なしか、肩が落ちているようだった。言いすぎだったな、と貴彦は高木のうしろ姿を見送りながら思った。あいつは二度と口をきいてくれないだろうな。

その時になって、貴彦は初めて高木に対して友情のようなものを感じていたことに気がついた。幼い頃から厳しい訓練を受けて、優秀なテニスプレーヤーになることを義務づけられた子供たち。ぼくたちは脱落者だろうか？　と貴彦はぼんやりと考えた。

「貴彦」

早苗の声がすぐそばで聞こえた。顔を上げると、彼女が横に立っていた。体にぴったりと張りついたようなシャツとジーンズ。近くで見ると、意外なほど胸が大きかった。

「何だ？」

「一緒に話さないかな？　と思って」

「どうして？」

「どうしてって、わたしたち、ペアを組んで優勝したわけじゃない。お互いの健闘をたたえ合ってもいいんじゃない？」

悪くないかもしれない。けれど、たたえ合うような健闘をしただろうか？　ぼくたちはただ運が良くて、勝っただけなのかもしれない。

早苗は貴彦の腕をつかんで、自分たちのテーブルまで連れていった。そうしようと思えば、拒むこともできたけれど、貴彦はずるずると早苗に引きずられていった。

「高木くんはどうして帰ったの？」自分の席の隣に貴彦を座らせてから、早苗が言った。

「喧嘩でもしたの？」

「体調が悪いんだ」と貴彦は答えた。

「あたし、あの人、嫌い」

佳美がティスプーンでミルクティをかき混ぜながら言った。ミルクティはカップに半分ほど残っていて、完全に冷めていた。ティスプーンを持つ佳美の指先が奇妙なほどきらきらと光っていた。目を凝らすと、その原因がわかった。彼女は形の良い爪に透明なマニキュアを塗っていた。

「暗いし、話しかけても返事もしないし、テニスだって」

「テニスは君よりうまい」

　はっきりと貴彦は言った。

「どうかしら?」ティスプーンから指を離し、前髪をかき上げる。「石岡くんは知らないかもしれないけど、彼は試合で勝てないのよ。先月もそうだったし、その前だって」

「ずっと勝ってないの」と早苗が続けた。「練習の時は抜群なんだけれど、いざ試合が始まると、全然駄目。だから、ジュニアチームのメンバーにだってなれない」

　貴彦が元メンバーだったことを思い出したのか、早苗はあわてて口を閉じ、タルトタタンに手を伸ばした。

「肝っ玉が小さいの」

　佳美が決めつけた。

「佳美」くすくす笑いながら、早苗が言った。「その言い方、ちょっと変」

「変?　何が?　肝っ玉?」

「いやらしくない?　肝っ玉って」

「そう?　おじいちゃんがよく言うんだけどな。肝っ玉。想像する早苗がいやらしい」

　彼女たちはそれから肝っ玉について議論を始めた。貴彦は試合で勝てない高木について考えていた。クラブ内での試合は、日曜日に行われることが多く、貴彦はもう三年近く参加していなかった。試合結果を気にすることもない。高木が試合で勝てないとすると、一番最初のゲームを彼は試合だとは思っていなかった、ということか。それは貴彦も同じだった。ワンセットマッチなんて試合のうちには入らない。

「貴彦は復帰するんでしょう？」

いきなり早苗が聞いた。

話の流れがつかめなくて、彼はまばたきをしただけだった。

「二年のブランクは大きいけれど、取り戻せないことはない、って、コーチも言ってたしね」

早苗は佳美に同意を求める。佳美はうなずいて、髪の毛を耳にかけた。小さなピアスがピカリと光った。ピアスを見ると、貴彦は反射的にこう訊きたくなる。耳に開けた穴が化膿《かのう》して肉が腐ったりすることはないの？

「石岡くんは、今でも期待の星なのよ。大きな大会で活躍したことがあるのは、石岡くんしかいないから」

「ぼくはもうやめたんだ」と貴彦は言った。「試合に出ても勝てないよ。勝ちたいとも思わない」

「バーンアウト」

佳美が微笑して言った。彼女は、微笑した顔がかわいい、と自分で信じているのだろう。

「でも、燃えつきるには、まだ早い、というのが、コーチの意見」

「君たちはコーチの手先なのか？」

「とんでもない」と早苗が首を振った。「わたしは貴彦が試合に出なくても全然かまわない。クラブをやめちゃうのでなければ」

「言うわよね、早苗も」

意味ありげに彼女たちは視線をやり取りする。意味を読み取る努力を放棄して、貴彦は冷めたコーヒーをすすった。女の子たちのおしゃべりにつきあうのは、苦手だ。彼女たちは決してはっきりとものを言わない。ほのめかすだけだ。

「ところで」と佳美が切り出した。「石岡くんの学校って、男の子ばっかりでしょう？」

用心深く貴彦はうなずいた。

「わたしたちの学校は女の子ばっかり」

早苗と佳美は同じ女子校に通っていた。問題を起こさない限り、大学まで無試験で進むことができる。

「ここまで言えばわかるでしょう？」

佳美の流し目。彼女はそんな仕草をたぶん、映画で学んだのだ。あと二、三年訓練を積めば、サマになるに違いない。

「全然、わからない」

貴彦は言った。

「足りないものを補う必要を感じない？」

貴彦は首を振った。

「足りているわけ？」

早苗の声が少し高くなり、非難の響きが混じった。

「補う必要を感じない、ということだ」と貴彦は説明した。「いつもミックスダブルスをするわけではないから」

「ねぇ、石岡くん」と佳美が諭すように言った。「世の中に男と女がいるのは、テニスでミックスダブルスをするためだけじゃないのよ」

「もちろん」と貴彦は言った。「テニスにはミックスダブルスがあるだけじゃない」

お手上げだ、というように佳美は両手を広げて、背もたれに背中を押しつけ、あごを上げて、目をパチパチさせた。

「貴彦らしい答よね」にこにこしながら、早苗が言った。

うんざりしたように佳美は首を振った。

それで、お互いのクラスメートを紹介し合う話は立ち消えになった。彼女たちは、石を使ったアクセサリーの話を始め、貴彦は頃合いを見計らって、椅子から立ち上がった。

「帰るの?」

早苗が顔を上げた。

うなずくと、彼女もあわてて帰り支度を始めた。

「わたしも帰る」

佳美は早苗のあわてぶりを面白そうに見守っていた。彼女はまだ帰るつもりはないようだった。

『パルフォム』を出ると、早苗はべったりと貴彦の横に寄り添った。

「家まで送ってくれない?」

「どうして?」

「どうして?」

信じられない、と早苗は小声でつぶやく。

「もう夜だし、暗いし、それに同じ方向じゃない」

街路灯に照らされた夜道は、危険なほど暗くはなかった。濡《ぬ》れたような光を帯びた歩道をゆっくりと歩く。このあたりは一戸建ての住宅が多く、区画はきちんと整理され、人さえ住んでいなければ、広大な住宅展示場みたいだった。

「あのさ」と五分ほど黙り込んで歩いてから、早苗が言った。「高木くんがどうして試合に勝てないか、教えてあげようか？」

貴彦は少し歩調を緩めた。足早に歩くことをトレーニングに取り入れているせいで、普段でも彼の歩くスピードは早かった。早苗は彼と歩調を合わせるのに苦労していたようだ。彼女は大きく息を吐いて、貴彦の腕にそっと触れた。

「教えて欲しい？」

「もったいをつけるなよ」

「彼はね」気を持たせるように間を置いた。「佳美が好きなのよ」

秘密めいて打ち明けられた話にしては、内容が乏しいな、と貴彦は思った。

「だから？」

「だから？」早苗は立ち止まって、貴彦の顔をのぞき込んだ。そのために彼女はつま先立たなければならなかった。「貴彦、鈍いのにもほどがあるわよ。高木くんは佳美の視線を感じると、あがってしまうのよ。胸がどきどきして、頭がぼーっとなって、普通の気分でいられなくなる。好きな人に見つめられたら、みんな、そうなるでしょう？」

貴彦は曖昧にうなずいて、歩き始めた。彼自身にはそんな経験がなかったけれど、たぶん、早苗の言うことは正しいのだろう、と想像することはできた。

「貴彦は誰か好きな人がいるの？」

早足で追いついてきて、早苗が言った。声の調子が少し変わっている。気軽な質問、といった感じが誇張されすぎて、ちょっとぎごちない響きがした。

「佳美はどう思っているんだ？」

「え？　佳美？　佳美が好きなの？」

「違うよ」はっきりと貴彦は言った。「佳美は高木をどう思っているのか？　と訊いたんだ」

ああ、と早苗はほっとしたように息を漏らした。「佳美はあんまり興味がないみたい。でも、まあ、好きになられて嫌ってわけじゃないらしいけど」

「佳美は誰からも好かれたいんだ」

「まあね」早苗はにっこりと笑った。「でも、貴彦は彼女があんまり好きじゃないんでしょう？」

貴彦はその質問には答えずに、足を速めた。新興の住宅街のはずれに彼の家はある。通りの向こうは、古くからある住宅街だ。一軒の敷地が広く、庭には背の高い樹木が植えられている。古い住宅街は暗く、ひっそりと静まり返っている。早苗の家は古い住宅街のなかにあるようだった。通りを渡り、少し狭くなった道路をふたりは歩いた。靴音だけが響いていた。

「あそこなの」

街路灯の前で立ち止まって、早苗は二十メートルほど先の家を指さした。多少古ぼけているものの、立派な門があり、庭木の向こうに木造の家が見えた。

「寄っていく？」

貴彦は首を振った。

そう、とうなずいて、早苗は一歩彼に近づいた。もう一歩踏み出すと、彼女の体は貴彦の腕のなかにすっぽりと収まるだろう。

「ありがとう」と早苗は小さな声で言った。

そして、彼の目をまっすぐに見て、ほんの少しあごを上げた。早苗の香りが鼻先に漂う気がして、貴彦は半歩うしろに下がった。早苗は静かに目を閉じた。貴彦はどうして良いのかわからず、早苗の顔を見つめていた。青白い光に照らされた、つるんとした肌。柔らかそうな唇。急に息苦しさを感じて、貴彦は咳払《せきばら》いをした。短い眠りから目覚めたように早苗は目を開き、くすりと笑ってから、まばたきをした。

「貴彦は本当に鈍いのね」と彼女は言った。

弾むような足取りで、早苗は門のところまで走り、一度振り返って手を振ると、門のなかに駆け込んでいった。

貴彦は早苗の姿が見えなくなるまで街路灯の下にたたずんでいた。奇妙に落ち着かない気分だった。夜空を見上げて、深呼吸をする。夜の少し湿っぽい空気が肺に行き渡ると、気分が良くなった。星が見えるか、と思ったけれど、空は薄い雲に覆われていたし、町の光に邪魔されて、星を見ることはできなかった。

3

ボールをラケットの芯でとらえた心地よい音が響いた。ネットすれすれの高さで鋭いボールが右のコーナーぎりぎりに返ってくる。

貴彦はあっけにとられて、金網に向かって弾んでいくボールを見ていた。日差しは強く、首筋がちりちりと音をたてて焼かれているようだった。

「なかなかいい球だ」

コートの向こう側から声がかかった。高木だ。彼はラケットでコートに転がっているボールを集めながら、ネットに近づいてくる。

「いつからやっているんだ？」

貴彦は反射的に時計を見た。午後三時十分。一時間ちょっとサーヴィスの練習をしていたことになる。額の汗を手の甲で拭って、貴彦はベンチに腰をかけ、スポーツドリンクでのどを潤した。

「一時間くらいだ」とようやく貴彦は高木に言った。「いつから見ていた？」

「五分前」

高木は集めたボールを籠に入れ、サーヴィスラインまで戻る。高くトスして、しなるように体を使ってサーヴィスを打った。威力のあるボールがライン上で弾んだ。

もう一口、貴彦はスポーツドリンクを飲む。サーヴィスの練習に集中していて、高木が見ていたことにはまったく気がつかなかった。八月の半ばすぎの土曜日にテニスクラブにやって来るものは少ない。コートはほとんど空いている。強い日差しを避けたのか、貴彦がコートにやって来た時にプレーしていた何組かのテニス愛好者たちも姿を消していた。

高木は二十球ほどサーヴィスを打った。すべてがきちんとコントロールされていた。彼はサーヴィスが得意なのに違いない。どんなに練習をしてもサーヴィスでは高木に勝てそうになかった。

籠のボールを打ち終わると、高木は白いキャップをかぶり直して、ベンチにラケットを置いた。真新しいラケットでグリップには握りの跡すらついていなかった。

「ひどいプレーをして以来だな」

ぽつりと高木が言った。日焼けした顔のなかで白い歯が日立つ。頬の肉が取れて、精《せい》悍《かん》さの感じられる顔になっていた。

「どこかに行ってたのか？」

三週間の間、貴彦は高木の姿を見かけなかった。これっきりテニスをやめるのではないか、と心配したりもした。八つ当たり気味にひどいことを言った責任を貴彦はずっと感じ続けていた。

「夏休みだよ」

高木は笑った。高木の笑顔を見るのは、初めてだった。憂鬱そうな表情が消えると、彼の顔は少し幼くなる。

「久しぶりにちょっと打たないか？」

高木が誘った。

貴彦が何も答えないうちに、彼は立ち上がり、コートに散らばっていたボールを拾い始めた。きびきびとした動きを見て、高木は自分とテニスをするために、わざわざやってきたのではないか、とふと思った。

タオルで汗を拭い、グリップを拭いてから、貴彦はコートに立った。雲ひとつない夏の空から強い日差しが照りつけている。風はなく、空気は熱を持ち、ねっとりと体にからみつくようだ。

貴彦はゆっくりと深呼吸をして、体勢を整えた。高木がボールを何度か弾ませて、軽いフラットサーヴィスを打ち込んできた。

貴彦は高木のバックにボールを打ち返す。正確さだけを心がけたショットだ。イメージ通りの軌跡を描いて、ボールは飛んでいく。

高木はしなやかに体をひねって、バックハンドでボールを返してくる。相手の意表をつくことを意図しない素直なボールだ。クロスに打ち返して、貴彦は頬を緩めた。ボールを打ち合うだけで、とても楽しい。話をしたり、笑ったりしているよりもずっと相手のことが理解できる気がする。高木は深めにボールを打ち返してくる。貴彦は三歩さがって、ボールを浅めに返す。高木はそれを予期していたようにネットについている。ボレーをやり取りして、貴彦はロブを上げる。子犬がじゃれあっているようなものだな、と思う。どちらかが区切りをつけるまで、延々とボールのやり取りは続くだろう。狙いすましたスマッシュショットで高木が最初の区切りをつけた。貴彦はバックラインまでさがっていたけれど、ボールは追わなかった。軽い打ち合いでも長く続けていると、体力を使う。夏の暑い午後ならなおさらだ。

ベンチに腰を下ろした時には、ふたりとも汗だらけになっていた。タオルで汗を拭い、スポーツドリンクを飲むまでは、口をきく気にもなれなかった。

「あっついなあ」

ポロシャツのボタンを外して胸をはだけ、白いキャップのつばで扇《あお》ぎながら、高木が言った。長い脚を放り出すようにまっすぐに伸ばして、背もたれに寄りかかっている。ほっそりとした脚は濃い体毛に包まれ、汗に濡れた毛先は金色に輝いていた。

「体に悪いで、こんな時にテニスなんかするんは」

「関西に行ってたのか?」

タオルを首にかけて、貴彦は言った。頭が少しくらくらする。

「なんで?」

「関西弁をしゃべっている」

「ああ」と高木はうなずいた。「そうやね。おじいちゃんの家に行ってたから。まだ切り替えができてないんや。気になるのやったら、すぐに切り替えるわ」

「別に気にはならないよ」と貴彦は言った。「それより、日陰に行かないか? なんか気分が悪くなってきた」

「そら、あかんわ」

高木は貴彦のバッグを手に取って立ち上がった。貴彦はゆっくりと腰を上げ(そうしなければ、めまいがしそうだった)、クラブハウスに向かって歩き始めた。

「手を貸そうか?」

高木が心配そうに訊く。

「大丈夫だ」

微笑を浮かべようとしたけれど、うまくいかなかった。

冷房の利いたクラブハウスに入ると、少し気分がよくなった。高木が水で濡らしたタオルを頭と首筋に押し当ててくれると、もっと気分がよくなった。長椅子に横になって、貴彦はしばらくじっとしていた。心臓の動悸が収まるまでには、時間がかかった。

「医者を呼ぼうか？」

「それほどひどくない」

三十分ほど横になっていると、楽になった。上体を起こし、高木が差し出すスポーツドリンクを一口ずつ区切りながら飲んだ。もう大丈夫だ、と貴彦はうなずいた。高木はほっとしたような笑顔を見せ、濡れたタオルを新しいものに交換した。

「もう少し休んだら、シャワーで水を浴びればいい」

「親切だな」

高木は聞こえないふりをして、シャワールームに入っていった。貴彦は冷たいタオルで顔を拭き、こめかみを軽くマッサージしてから、テニスウェアを脱いだ。体が少し冷えている。タオルで体をごしごしとこすっていると、寒気は消えた。

高木と入れ替わりにシャワーを浴び、着替えを済ませると、体は完全に回復した。三日ほど続いた暑さと睡眠不足のせいで体力が落ちていたのだろう、と貴彦は思う。夏の夜のジョギングも天体観測も度をすぎると、あまり体には良くない。

涼しげなポロシャツと短パンに着替えた高木を『パルフォム』に誘った。体調が良くなると、急に空腹を感じた。ソーメンだけの昼食では、やはり夕食までもたない。

「しかし、無茶をするものやな」

『パルフォム』の椅子に腰を下ろすと、メニューを見ながら、高木が言った。店はがら空きで、マスターはカウンターで居眠りをしていた。室内楽は居眠りのBGMには最適のようだ。

「無茶をさせたのは、高木だ」

「俺が？」

「そうだ」貴彦はコップの水をごくごくと飲み干した。「ぼくは高木ともう一度テニスの試合をするためにトレーニングをしているんだ。最初のゲームを覚えているか？　お前、遊んだだろう。真剣じゃなかった」

高木はにやにや笑って答えなかった。

アルバイトらしい若い女性が注文を聞きに来た。貴彦がサンドイッチを注文すると、あかん、と高木が口をはさんだ。

「そやな、リゾットの方がええな」

「リゾット？」

「消化がいいだろう？　サンドイッチより」高木はメニューをマスターに渡した。「あと、レモンジュースをください」

女店員が立ち去るまで待って、貴彦は話の続きを始めた。

「もう一度、試合をしたい、というのが、ぼくの望みだ。今度は簡単には負けない」

「執念深いな」と高木は言った。「それに負けず嫌いや」

「誰だってそうだ」貴彦は言った。「高木だってそうだ」

「俺は勝敗にはこだわらない」

「嘘《うそ》だ」

高木はちょっと肩をすくめた。コップに口をつけたけれど、水で唇を濡らしただけだった。

「高木は」とまっすぐに彼の目を見て、貴彦は言った。「負けた時のショックを軽くしたいから、自分で自分に勝敗にはこだわらないと信じ込ませているだけだ」

「きつい言い方やな」

ふっと鼻から息を出し、高木は自嘲ぎみに笑った。「でも、まあ、当たってるかもしれへんな」

女店員がレモンジュースとリゾットを運んできた。室内楽の時間が終わり、レゲエの時間が始まっていた。

「ただな、貴ちゃん、あ、貴ちゃんと呼んでもええか？」

「何でもいいよ」

「貴ちゃん」と高木は言った。「あのな、俺、勝つことばっかり考えてテニスをする奴《やつ》を見てると、悲しい気分になってくるんや。そら、俺だって勝ちたいし、勝ったら嬉しいけど、勝つだけがテニスと違うで」

「そんなことは、わかってるよ」

リゾットをスプーンでかき回す。腹は減っていたけれど、食べる気にはならなかった。もっとしっかりとした歯ごたえのあるものが食べたいのだ。

「昔な、友だちがおったんやけど、テニスのことで喧嘩してな。汚い手を使ったとか何とか言うて。俺、それ以来、どうしても勝ちたい、と思わなくなった」

高木は小さくため息をつくと、壁にかかっているボブ・マーリーのポスターに目をやった。白い前歯が唇を噛んでいる。

「でも」と貴彦はスプーン一杯だけリゾットを食べてから言った。「それはひどいプレーをする言い訳にはならない」

「あれは、また別の話や」

ちょっと不快そうに高木は言った。

「佳美に気を取られたせいか？」

高木は大きく目を見開いた。二度まばたきをして、ストローをくわえ、ジュースを飲みかけて、途中でやめた。

「何でもよう知ってる奴やな」

ため息まじりに高木は言った。

「聞いたんだ。彼女の友だちから」

早苗はとりたてて用もないのに、貴彦に電話をかけてくるようになっていた。学校で起こった出来事、友だちの噂話、そんなことを取りとめもなくしゃべっている。最初は迷惑だと思ったけれど、近頃では早苗の電話がないと、一日が完結しないように思い始めていた。早苗をガールフレンドとして意識しているからか？　と貴彦は自問する。まさかね。

「佳美ちゃんはかわいいからな。俺、彼女のことが好きなんや。でも、何とも思ってへんと、はっきり言われた」

ふられたんや、と高木は笑った。

貴彦は妙にしんみりとした気分になって黙り込んだ。リゾットから立ち昇っていた湯気も消えていた。二口めを機械的に口に運んだけれど、かすかな塩味を感じただけだった。

「同情はせんといてな。俺、もう気持ちの整理がついてるし、女の子は世の中には一杯いるしな」

高木はストローをくわえて、一息にレモンジュースを飲み干した。ちらりと腕時計を見ると、ポケットから五百円玉を取り出して、テーブルに置いた。

「今日、家族で食事に行くねん。そろそろ帰らんとあかんのやけど」

「うん、ぼくも帰るよ」

「一人で大丈夫か?」

「たぶんね」

体のどこにも異常は感じなかった。日に焼けた首筋が少しほてっているだけだ。一晩眠れば、それも治まるはずだった。

高木が区切りをつけるようにうなずいて、立ち上がった。

「それから」とバッグを持って高木は言った。「試合は夏休み明けにしようか。貴ちゃんと真剣勝負をするんやったら、俺にも準備が必要や」

「どんな準備だ?」

「それは内緒や」にやりと高木は笑った。「敵に手の内を見せるのは、アホや。言うとくけど、俺は勝ちにいくで」

「ぼくだって、負けるつもりはないよ」

高木はバッグを肩にかけると、大股に歩いて店を出ていった。貴彦は冷めたリゾットを下げてもらい、コーヒーを注文して、高木の鋭いサーヴィスを頭に思い浮かべ、そして、それをきっちりとリターンする自分の姿をイメージした。

＊

ストレッチを終えて、サーヴィスの練習を始める。なかなか調子がいい。思った位置にトスが上がり、ボールは狙った場所に飛んでいく。苦手なサーヴィスを克服するための練習の効果が上がったようだ。

「貴ちゃん」

大きな声がかかった。振り返ると、テニスウェアを着た高木がコートに近づきながら、手を振っていた。彼のうしろには、早苗と佳美がいた。ふたりともラケットを小脇に抱えている。

「途中で会ったんだ」高木はコートに入って来ると、ベンチにバッグを置き、ラケットを取り出してから、説明した。「貴ちゃんとテニスをすると言ったら、ふたりとも一緒に行くと言い張って。来るなとも言えないし」

「今日は関西弁じゃないんだな」

「臨機応変に切り替えるんだ」

「ぼくが思うに」貴彦はラケットを振り始めた早苗と佳美に目をやったまま言った。「関西弁を使わない時には、何か悪だくみをしている気がする」

「勘ぐりすぎやで」高木は笑った。「悪だくみなんかしてへんで。彼女たちに一緒にテニスがしたいと言われたら、断るわけにはいかないよ」

「試合は延期ってことか？」

「そうやね」と高木は嬉しそうに言った。「ミックスダブルスでは試合にならない」

高木は貴彦の横を通り抜けると、軽い準備体操を始めた。貴彦はベンチに腰を下ろし、深いため息をひとつついた。

「貴彦」と早苗が呼んだ。「わたしとペアでいいんでしょう？」

彼女たちはすぐにでも試合をする気になっているようだ。いいよ、と大声で答えて、高木を見た。満足そうに笑っている。高木はラケットを持つと、弾みを確かめるように何度かボールをバウンドさせ、おもむろに振りかぶって、目の覚めるような鋭いサーヴィスを放った。

勢いよく放たれたボールはサーヴィスエリアに弾んで、バックラインを越えていった。すっごーい、と佳美が歓声を上げた。拍手までしている。照れ笑いを浮かべて高木は両手を広げ、おどけた仕草でお辞儀をした。佳美の視線を浴びても緊張している様子はまったくなかった。

「始めようか？」

ネットに近づいてきて、高木は言った。

「始めよう」

貴彦は立ち上がった。シングルマッチはまたの機会だ。いつでもその機会はあるだろう。高木にもそれはわかっているはずだ。

ネットを挟んで二組に分かれた。

高木の横には佳美がいて、自信たっぷりにラケットを抱いている。小声で何か高木に話しかける。高木はくすぐったそうに体をひねり、笑い声を上げた。

貴彦は横にいる早苗に目をやった。少し不安そうだ。

「タルトタタンを賭けている？」

小声で早苗に訊いた。

ううん、と早苗は首を振った。

「賭けておけば良かったな」

「今からでも間に合うけど？」

貴彦がうなずくと、早苗は佳美を手招きした。賭の取り決めはすぐにまとまったようだ。早苗が指でＯＫのサインを送ってくる。佳美は片目を閉じて、舌を出した。

「佳美と仲がいいじゃないか」

高木に言った。

「そんな心理作戦には引っかからないよ」高木はポケットを探って、五百円玉を取り出した。「表？　裏？」

表、と貴彦は答えた。

一呼吸置いて、高木が五百円玉を投げ上げた。秋の日差しを受けたコインは銀色の輝きを放ちながら、澄みきった青空に向かって、どこまでも舞い上がっていくようだった。

野球家族

1

「よし、素振りを百回やって、終わりにしよう」

父が言う。

忠太《ちゅうた》はうなずきもせず、木製の重いバットを手に取った。木製のバットだ、と彼は思う。時代遅れもはなはだしい。

父が木製のバットにこだわるのには、理由がある。二千回はその話を聞かされた。いいか、忠太、プロ野球は金属バットの使用を認めていないんだ。高校野球で活躍したスラッガーがプロに入って成績が悪くなるのは、どうしてか？　それは、木製のバットに慣れていないからだ。金属バットで楽をしているからいけないんだ。最初から木製のバットを使っていれば、プロに入っても何の心配もないんだ。

二千回も聞かされていると、父の理屈の穴が見えてくる。高校野球で活躍したバッターがプロ野球に入ってすぐに良い成績を上げられないのは、金属バットで楽をしていたという理由よりも、ピッチャーの能力が比べものにならないくらいに高いからだ。高校を卒業してすぐに戦力になるピッチャーがめったにいない事実を父は無視している。それに、金属バットに慣れていなければ、高校野球では活躍できないし、そんな選手がプロにスカウトされることはない。大学や実業団でも同じだ。そして、最後に、忠太がプロ野球の選手になれるとは限らないことだ。つまり、プロの選手になる以外、木製バットは無用の長物なのだ。

忠太は軽くため息をついて、素振りを始める。父は腕組みをして、見守っている。少しでも気を抜くと、罵声が飛んでくる。馬鹿野郎、遊んでるんじゃないぞ。真剣にやれ、真剣に。集中しない練習なんか、しない方がましだぞ。

忠太は百四十キロのファーストボールをセンターに向けて打ち返すイメージで重い木製バットを振り続ける。五十回を超えたあたりで、頭のなかに太鼓の音が響き始めた。どんどこどこどこ、どんどこどこどこ。それはラテンのリズムを刻み始める。オーレ！どよめく大観衆。違う、そんなことをイメージしてどうする。熱狂する観衆に埋め尽くされたサッカースタジアムに、野球のボールを打ち込んで、どうする。

ふう、と大きく息を吐いて、気合いを入れ直す。いつの間にか、父は忠太に背を向けていた。両足を肩幅に広げ、両手の掌《てのひら》を上にして、サッカーボールを運ぶみたいに体を右に左に回している。あらら、と思いながら、忠太は父のうしろ姿を眺める。素振りをサボっていることも気がつかないほど、父は熱心に体を回転させている。

「父」と彼は声をかけた。

びくっと肩を緊張させて、父がゆっくりと振り返った。

「何だ?」父は狼狽《ろうばい》を隠すように尖《とが》った声を出した。「もう終わったのか?」

「何をしているんですか?」

「スイングだ」ぶっきらぼうに言う。「レベルスイングの研究だ」

父は忠太の正面に立ち、腕組みをする。始めろ、と指示を出す。忠太はサッカースタジアムを頭から追い払い、ベースボールスタジアムをイメージしながら、素振りを再開した。


夜の練習が終わると、午後九時を回っている。風呂に入って汗と汚れを落とし、二度目の夕食(軽いものだ)を食べて、忠太は自分の部屋に入る。眠るまでの二時間弱が彼の勉強時間兼自由時間だ。教科書を開くことは、テストの前以外、ほとんどない。大抵は雑誌を読んでいる。勉強机の引き出しの奥深くにしまい込んである、秘密の雑誌だ。こんなものを父に見つけられたら、殴り倒されてしまう。勘当されるかもしれない。母はこの世の終わりとばかり泣き喚《わめ》くだろう。夫婦喧嘩《げんか》が始まって、離婚に発展し、一家離散の結末を迎えることになる。

忠太は勉強机の上に教科書と参考書とノートを広げ、いつ部屋のドアが開いて父や母が入ってきてもごまかせる態勢を作ってから、秘密の雑誌を取り出した。

「サッカーマガジン」。

　表紙を見ただけで、胸がどきどきする。ページをめくる。興奮がたかまる。グラビアページに目をやると、もう平静ではいられない。胸全体が心臓になったみたいに動悸《どうき》が激しくなり、頭がかっとして、のどが渇き、頬がほてってくる。鍛えられた肉体を持ち、音楽的に躍動することができる、サッカー選手たちの姿が鮮やかにとらえられている写真に目がくぎづけになる。

　忠太は眠気も忘れて、雑誌のページをめくり続ける。サッカー。スポーツのなかでこれほど魅力的なものはない、と彼は思う。サッカーに比べたら、野球なんて本当に垢抜《あかぬ》けない、無粋なスポーツだ。

　ああ、サッカーがやりたい、と忠太はつぶやく。緑の芝の上でサッカーボールを蹴りたい。ステップを踏んで、相手のバランスを崩し、ドリブルで抜けて、パスを出す。忠太は知らず知らずのうちに体を動かしている。壁パス、走り込んで、ボールを浮かす。ディフェンダーのうしろに出たボールをミッドフィールダーがゴールラインぎりぎりまで持ち込んで、センターリング。胸でトラップして、右足のシュート。ボールは矢のようにゴール左角のネットに突き刺さる。ゴール、ゴール、ゴオオオーーール！

　はっと気づいて、両手で口を覆った。

「サッカーマガジン」を素早く引き出しに入れ、やや猫背になって、ラインマーカーをつかみ、参考書の適当な場所に線を引いた。

耳を澄ます。気配を感じる。階段を上がる音は聞こえなかったけれど、誰かが部屋のドアのすぐそばまで来ている。

とんとん、と軽いノック。ドアに鍵はない。いきなり勢いよくドアが開いた。忠太はゆっくりと振り返る。母が立っていた。

「何か叫んでなかった？」

母は抜け目なく部屋を見回した。

「何も叫んでいませんよ」

忠太はラインマーカーを握り直した。

母は忍び歩きで忠太に近づき、肩ごしに机の上をのぞき込む。ピンクのボーダーシャツ越しに柔らかな胸の感触が伝わってくる。母はまだ若い。三十歳を超えているのに、二十代半ばにしか見えない。たまに姉に間違われる。そんな時、母はとても嬉《うれ》しそうな顔をする。だってね、忠太、わたしがあんたを産んだのは、十九の時で、大きなおなかを抱えて、学校に通っていたんだから。その苦労を考えたら、あんたのお姉さんに間違われて、わたしが否定しなくても、罰は当たらないわよ。

「勉強してたの？」

母は言った。

「ええ」と忠太は答える。「勉強していました」

「ふーん。あんたは数学の問題を解くのに、社会の参考書を開いておくわけ？」

しまった、と思ったけれど、もう遅い。

「そうです」と忠太は平静を装って言った。最後の抵抗だ。望みはないけれど、無条件降伏は忍びない。「数学の問題を解きながら、年号を暗記するわけです。一挙両得ってやつです」

「つまり、わたしは聖徳太子のような息子を産んだわけね」母の口調は厳しい。「神様に感謝しなければいけないわね」

「宇宙は神様がお造りになった、とアインシュタインも言っています」

母は体を離すと、ふん、と鼻を鳴らした。

忠太は罵倒に備えて、上体を低くした。

「宇宙のなかには、当然、嘘《うそ》をつく中学生も含まれているんでしょうね？」

冷静に話しているうちに白状した方がいい、と母は言外に語っている。忠太は背筋を伸ばし、ひざの上に手を置いて、ゆっくりと息を吸い込み、額が机に触れるくらいまで頭を下げた。

「ごめんなさい」と彼は謝った。「ぼくは嘘をついていました」

「親の目をごまかすなんてことはできないのよ」勝ち誇ったように母が言った。「何をしていたのか、正直に言いなさい」

一家離散、と頭に浮かんだ。忠太は上から二番目の引き出しを開け、なかから雑誌を取り出した。

「これを読んでいました」

母は雑誌を受け取り、ペラペラとページをめくった。忠太は体を固くして、ノートを見ていた。

「漫画を読むのは」と母が言った。「勉強が終わってからにしなさい。これは、一応、没収しておきます」

はい、と忠太はうなずいた。母が部屋を出ていくまで、その姿勢を保持していた。単純なペテンに母が気がつくのではないか、と心配でならなかった。階段を下りていく音が小さくなる。母はどうやら漫画雑誌の没収だけで満足したようだ。

忠太は大きなため息をつき、「サッカーマガジン」を鍵のかかる一番上の引き出しに入れ直してから、数学の問題に取りかかった。三十分もしないうちに眠気が襲ってくる。二度目のあくびをかみ殺すと、彼は肉体的欲求に無条件降伏した。

忠太の一日は、三つの要素で構成されている。学校と野球とその他の雑事だ。朝から夕方まで中学校で授業を受け、放課後はクラブ（もちろん、野球部）、帰宅して夕食、夜の自主トレーニング、ごく短い勉強、そして、睡眠。休日は、練習試合で潰れるか、試合のない時は、自主トレ。たまに父がメンバーになっている草野球チームの試合につきあう。

中学に入った時、忠太はサッカー部に入部届を出そうとした。父と母が強硬に反対するだろうから、内緒にしていたけれど、幼なじみの明日香《あすか》にだけは相談した。本気なの？　と彼女は言い、本気だ、と忠太は答えた。

明日香はサッカー部のマネージャーになることを決めていたから、ふたりでサッカー部の部室の前まで行った。これから新しいスポーツ人生が始まるのだ、と思うと、足が震えた。ゆっくりと深呼吸をして、ドアを開けようとした時には、体全体がぶるぶると震え、頭が痛み、吐き気すら感じるようになっていた。緊張のせいにしては、異常が激しすぎる。額ににじみ出た、気持ちの悪い汗を拭うこともできず、忠太は入部届を握り締めたまま、部室のドアの前で立ちつくしていた。怖《お》じ気《け》づいたの？　と明日香はからかうように言って、忠太の顔をのぞき込むと、表情が固くなった。忠太、大丈夫？　気分が悪いんだ、と答えると、忠太はその場にしゃがみ込んだ。

結局、サッカー部への入部はあきらめ、誰もが当然と考える野球部に入った。野球をするのは、嫌いではない。ただ、と彼は少し憂鬱な気分で思う。サッカーもやりたいのなる。その気持ちと裏腹に、忠太はサッカーボールを見ると、なぜか消極的な気分にミスキックのイメージが浮かび、体の動きがぎごちなくなり、本当にミスを重ねてしまうのだ。体育の時間でサッカーをやる時にはいつもそうだった。あらゆるスポーツをそつなくこなせる忠太が、サッカーだけどうしようもなく下手なのは、学園の七不思議のひとつとして同級生たちには知られていた。

それは、たぶん、家庭環境のせいだ、と忠太は思っている。両親は注意深くサッカーを家庭から追い出してしまったのだ。物心ついた時には、サッカーは家庭のなかでは禁句になっていた。子供用のサッカーボールが庭の隅に転がっていたことはなく、サッカー番組にテレビのチャンネルが合わされることもなかった（両親は野球とニュースを見るためだけにテレビは存在する、と考えているようだった。ほかの番組、ドラマやバラエティや映画がテレビ画面に映し出されることはなかった）。

どんなに注意を払っても、完全に情報を制御することはできない。忠太は小学校低学年の頃にサッカーの存在を知り、やがてサッカーのとりこになった。

忠太はサッカー雑誌をひそかに買い求め、友だちに頼んで試合を録画してもらって、父や母のいない時に、こっそりと楽しんでいた。

「何だか馬鹿馬鹿しい話よね」

明日香は言う。昨夜放映されたサッカーの試合をいつものように録画してくれたのだ。クラスが違うから、放課後、クラブの練習が終わるまで会う機会がなかった。明日香は着替えを済ませて、水飲み場で待っていてくれた。

「おたくの両親って、本当に変わってる」明日香はブラウスの襟元を整え、エンジ色のタイを結び直しながら言った。「テレビも見せてくれないなんてね」

「いい人たちなんだけどね」と忠太は蛇口をひねって勢いよく水を出す。水は冷たい。両手で受けると、ピリピリするほどだ。「ベースボールフリークである点を除けば」

「でも、除くことはできない」

明日香の指摘は鋭い。彼女は教室の窓に自分の姿を映して、満足したようにうなずいている。

「まあね」と忠太は認めた。ごしごしと顔を洗う。練習が終わり、体には疲労感と満足感が満ちている。「誰にでも欠点はあるよ」

明日香は肩をすくめ、前髪を指先ではじいた。額が少しでっぱっているのを彼女はひどく気にしている。前髪を垂らしているのは、そのせいだ。気にするほどのことではない、と忠太は思うし、彼女がキュートな顔だちをしているのは、同学年の男の五十パーセントは認めている。彼女は平均して月に二度、複数の男子生徒から「告白」を受けていた。

「でもさ」と明日香がタオルを差し出した。「忠太も変だよね」

「どうして？」

受け取ったタオルで顔と首筋を拭う。シャワーを浴びたいけれど、中学校にはそんな設備はなかった。

「一年生でレギュラーになれたのは、忠太だけじゃない？　それって、才能があるってことじゃない？　プロになれるかどうかはわからないけれど、まあ、順調にエリートコースを歩んでるわけじゃない？　なのに、どうしてサッカーをやりたいの？」

「それは」と忠太は胸を張り、心持ちあごを上げるポーズ（少年よ、大志を抱け！　のポーズ、と彼は名づけている）を取って言った。「サッカーが好きだからだ」

感動で目をうるうるさせてくれるかと期待したけれど、明日香はぽかんとした顔で忠太を見ていた。期待は常に裏切られるものだ、と彼は思う。

「やっぱり、変」

「女にはわからないんだ」

「男にだってわからない」と明日香は言った。「特にレギュラーになりたいと思っている野球部員には」

明日香は傍らに置いていたカバンを取った。左手の手首には、幾何学模様のミサンガが巻かれている。ミサンガのせいで、ほっそりとした手首が余計に細く見えた。

「帰るのか？」

「わかりきったことを聞かないの」

「お礼をしようと思ったんだけどな」

歩き始めていた明日香が立ち止まり、振り返った。「お礼？」

「録画の」

「どんなお礼をしてくれるわけ？」

「何でも」忠太はビデオカセットを手に取った。「できるだけのことは」

「そうね」明日香の口もとに微笑が浮かんだ。「考えておく」

忠太は立ち去っていく明日香のうしろ姿を見送った。急に伸びた背の高さをもて余している感じだ。ひょろりとしていて、歩き方もどことなくぎごちない。体が落ち着きを取り戻すには、まだ時間がかかるだろう。

忠太はタオルを首にかけて、グラウンドを見渡した。サッカーのゴールに夕日が当たっている。シュート、とつぶやいて、ボールを蹴る格好をした。ずるりと足が滑って、転びそうになった。野球のスパイクシューズはサッカーには向いていない、と彼は思いながら、汗くさく、グラブの革の匂いがたちこめる野球部の部室に向かってとぼとぼと歩き出した。

校門を出たところで、明日香が待っていた。一緒にいた野球部のメンバーたちはにやにや笑いながら、じゃあ、また明日、と声をかけて去っていく。いいよなあ、ツーショットを決めちゃって。

明日香は聞こえないふりをしている。彼女はそうしようと思えば、いくらでも無表情になれるのだ。

チームメートが見えなくなると、明日香はゆっくりと忠太に近づいてきた。まるで歩数を数えているような歩き方だった。

「今度の日曜日」と明日香が正面から忠太を見て言った。「時間、ある？」

忠太は頭のなかでスケジュールを検討する。練習試合はないけれど、父の早朝の草野球につきあう予定になっていた。

「八時からだったら」

「朝の？」

「夜の八時には、トレーニングをしている」

明日香は大きくため息をついた。忠太は空気に混じった甘い匂いをかいで、ちょっとたじろいだ。明日香は目の前、約五十センチの距離まで近づいていた。彼女とそれほど接近したのは、小学校の運動会で百足《むかで》競走に出て以来だ。あれは、四年生の時だったから、今から三年ほど前だ。

「午後一時」明日香は言った。「マンションの入口のところで待ってるから」

「何かあるのか？」

「来れば、わかるわよ」

明日香は視線をそらして、一歩、うしろにさがった。近づきすぎていたことに彼女も気がついたのだろう。

「できることは、なんでもしてくれると、さっき言ったじゃない？」

「言った」忠太は大きくうなずいて見せた。「約束は守る」

じゃあね、と言い残して、明日香は歩き始めた。近づいて来た時の三倍くらい速いスピードだ。

「一緒に帰るんじゃないのか？」

振り返ると、明日香は首を振った。

「踊りの稽古があるの」

バイ、と手を振って、歩き始める。彼女は日本舞踊を習っている。母親が師範免許を持っていて、小さな頃から厳しい訓練を受けていた。

送っていこうか？　と声をかけたかった。けれど、言葉はのどに詰まって出なかった。奇妙に胸がどきどきした。「サッカーマガジン」のグラビアページをめくっている時よりも激しいどきどきだ。深呼吸をすると、明日香の甘い香りが鼻先に漂っている感じがした。忠太は頭を振り、どうかしてるぜ、とつぶやいて、野球道具一式が入った重いスポーツバッグを抱え直した。

2

父は変だった。

ここのところ、夜のトレーニングにまったく身が入らないのだ。父の異常に忠太はすぐに気がついた。ジョギングをしていても物思いに耽《ふけ》っている様子だし、忠太の素振りにも目を光らせない。話しかけても返事がなかったりもする。こんなことは初めてだった。父は忠太のトレーニングを見守るのをほとんど唯一の楽しみにしていたのだ。物心ついた時から、ずっとそうだった。

父は野球選手としては、凡庸だった。

中学で軟式野球を始め、高校に入って硬式に移行した。父の通った高校は、野球よりも進学率の高さで知られていた。野球部員は二十人に満たず、県大会でベスト4まで勝ち進んだのが歴代の最高記録だった。父が在学していた三年間は、すべて初戦で敗退した。父にとって甲子園は、野球を観戦する場所で試合をするところではなかった。

父のヒーローは、ナガシマシゲオで、大学進学に際しては、ナガシマシゲオの後輩になるべく奮闘したけれど、父の父、つまり、忠太のおじいちゃんの猛反対に遭って、断念した。おじいちゃんは忠太が小学生の頃に亡くなったけれど、頑固さでは父以上だったらしい。

父は六大学の万年最下位チームに所属し、一度だけ神宮《じんぐう》で打席に立った。両チーム合わせて三十点を超える得点を上げた、乱打戦というか、たいへんに乱れた試合で、控えの選手が底をついてしまったのだ。父は九回裏ツーアウト、走者一塁、二塁、という緊迫した局面で打席に入り、ファーストボールを三球続けて見逃して、球場にいた誰もがうんざりしていた試合に終止符を打った。

当然、実業団チームからの誘いもなく、野球チームが強いという理由だけで、家電メーカーに就職した。父は性格的にかなり無鉄砲なところはあるけれど、常識もわきまえていたので、野球部に入部届を提出して、無用なトラブルを巻き起こすようなことは、さすがにしなかった。

現在は、行きつけの居酒屋の従業員と常連客を中心メンバーにする草野球チーム「ゴールデンベアーズ」に所属している。

「ゴールデンベアーズ」の昨年の成績は、十五戦して（居酒屋の主人は相撲好きで、十五戦にこだわっているらしい）、七勝八敗で負け越している。忠太の見る限り、「ゴールデンベアーズ」はあまり強いチームではないし、これから強くなる可能性もなさそうだった。

「父」忠太は居間のソファに座って、ぼんやりとしている父に声をかけた。「何か心配事でもあるのですか？」

「えっ？　ああ、いや、うん」

父の返事は要領を得ない。

「ぼくはジョギングに行きます。体調が悪いのだったら、父は家にいてください」

父はジョギングウェアを着て、首にタオルを巻いている。夜のトレーニングは体力増強が目的だ。技術的なトレーニングはほとんどしない。素振り程度だ。父は野球技術に関して学術的な知識しか持っていなかったし、学術的知識は経験に裏打ちされていなければ、有効ではないことを充分に承知していたので、バットスイングについて口出しすることはなかった。父はジョギングにつきあったり、肩慣らし程度のキャッチボールの相手をしてくれるだけだ。

父はしばらく考え込んでいたけれど、一度深呼吸をすると、ソファから立ち上がり、玄関に腰を下ろして、ジョギングシューズをはき始めた。

「大丈夫ですか？」

「大丈夫だ」

父の顔に疲れは見えない。体調が悪いというわけではなさそうだ。

「ちょっと考え事をしていただけだ」

軽い身のこなしで立ち上がる。父は母より五つ年上だけれど、同級生の父親に比べれば、若かった。まだ四十にもならないのだ。三十分程度のジョギングを毎日続けているし、適度な筋力トレーニングもしているから、体のどこにも緩みはない。

ふたり揃《そろ》って玄関を出る。母はまだ帰宅していなかった。ファッションメーカーで働いていて、時々、深夜の一時すぎにならないと帰って来ないことがある。

ストレッチをして、腕時計で時間を確かめ、忠太は走り出そうとした。

「忠太」と父が呼び止めた。「お前を男と見込んで頼みがある」

「何ですか？」

父はためらった。

「言ってください」

うん、とうなずいて、父は玄関を振り返った。まるでそこに母の気配でも感じたみたいに。

「済ませたい用事があるんだ。一時間ほどで片づくと思う」

「つまり、父はぼくと別行動を取る、ということですね？」忠太は声を小さくした。

「母には内緒で」

「お前は察しがいいな」

父は微笑したけれど、ぎごちなかった。

「何をするのですか？」

「それは、ちょっと」

まさか愛人に会いに行くわけではないだろうな、と忠太は思った。父はしきりに首筋をかいている。

「わかりました」と忠太は言った。「ぼくはひとりでトレーニングをします。母には何も言いませんから、安心してください」

「そうか」父の顔がぱっと明るくなった。「そうしてくれるか」

「ただし、父、母を悲しませるようなことはしないでくださいね」

忠太はそう言い残すと、夜の道を走り始めた。少しペースが速い。もっとゆっくりと走らなければ、すぐに息が上がってしまう。けれど、どうしてもペースを落とせなかった。忠太は体内の力を完全に燃焼させるように、頭の働きをうながす力を奪うように、さらにペースを上げて走り続けた。

午後十時に頬を紅潮させ、足取りも軽く父は帰ってきた。充足感が体全体から漂っていた。浴室に直行して、長い時間風呂に入り、バスタオルで頭を拭きながら、パジャマ姿で戻ってくると、冷蔵庫から缶ビールを取り出し、立ったままでごくごくと飲んだ。

一部始終を忠太は居間の床に寝転がって観察していた。夜のトレーニングを終えてシャワーを浴び、母が用意してくれていた夜食（野菜のサンドイッチだった）を食べると、すべての体力を使い果たして何もする気になれなかった。

父は缶ビールを飲み干すと、二本目の缶ビールを持って、ソファに腰を下ろした。鼻唄でも歌いそうなほど上機嫌だった。

「用事は済んだのですか？」

忠太は起き上がって、あくび混じりに言った。

「ああ、済んだよ」父はにっこりと笑った。「上出来だ。何の問題もない」

「楽しそうですね」

「まあね」父はちょっと口もとを引き締めた。「トレーニングは？」

「いつも通りです」

何をしていたのか、聞きたかったけれど、きっかけがつかめなかった。父は夕刊を広げ、ビールをちびちびと飲み始める。忠太の視線に気がつくと、いぶかしげにまばたきをした。

「何だ？　何か言いたいことでもあるのか？」

「別にありません」と忠太は言った。「ぼくはもう眠ります」

「おやすみ」

父は夕刊に視線を戻した。ビールのせいで首筋まで赤くなり始めていた。父はアルコールに強い方ではない。アルコールの回りが早いのは、たぶん、父が運動をしたからだろう。どのような運動か、あまり想像したくなかった。おやすみなさい、と言って、忠太は重く感じられる足を引きずるようにして階段を上がった。

　それが、木曜日の夜だ。

　翌日、父は帰宅すると、日曜日の試合が中止になった、と忠太に告げた。

「相手チームの都合が悪くなったらしいんだ」

「じゃあ、練習ですか？」

「そうだな」と父は少し考えてから言った。「たぶん、練習はするだろう。まあ、どちらにしても、忠太は来なくていい」

　変だな、と忠太は思った。今まで父は試合よりも練習に参加させたがっていた。草野球の試合は、メンバーたちの楽しみであり、練習は試合ほど楽しくない。忠太は真剣に練習することでメンバーに活を入れる役割を果たしていた。

「それから」と父は早口でつけ加えた。「今日から当分の間、ひとりで夜のトレーニングをしてくれ」

「仕事が忙しいのですか？」

　父は落ち着かない素振りで左右を見回した。母は台所で夕食を作っていた。包丁の小気味良い音が聞こえ続けている。クリームシチューの香りが漂っていた。

　実は、と言いかけて、父はためらった。唇を舌先でなめる。忠太は父の言葉を待ち構える。ふう、と息を吐いて、父は首を振った。

「少し疲れているんだ」と父は言った。「それに、忠太にはもう監視役はいらない」

監視役はいらない。たぶん、父にも。夜の二時間近くを息子とすごすよりももっと楽しいことを父は発見したのだろう。

「母には内緒にしておきます」と忠太は言った。「その方がいいのなら」

「そうしてもらえると、ありがたい」

父は忠太の肩をたたいた。親愛の情の表現というよりも共犯の確認といった感じだった。寝室に入っていく父の姿を見ながら、忠太はちょっと憂鬱な気分でため息をついた。母は仕事が忙しいせいか、父の怪しげなふるまいには気づいていないようだった。母は父に絶対の信頼を置いているのだ。野球以外のことでふたりが口論をすることはまったくなかったし、野球での口論はふたりの楽しみのひとつだった。

父の唯一の欠点はジャイアンツファンであることだ、と母は忠太に言ったことがある。忠太の命名の由来を話していた時だ。

「あんたは」と母は言った。「最初、飛雄馬《ひゅうま》、と名づけられる予定だったの。父がジャイアンツファンだったから。『巨人の星』という漫画があって、主人公の名前が飛雄馬。彼はジャイアンツのエースピッチャーになるわけ。でも、あたしは反対した。当然でしょう？　ジャイアンツのエースピッチャーなんて、あたしにとっては、悪魔の使いと一緒じゃない。で、あたしは、豊作《ほうさく》を主張した。左門《さもん》豊作の豊作。彼は飛雄馬のライバルなの。のちにホエールズの四番を打つわけ。父も母も譲らなかったから、離婚寸前の危機的状況に陥ってしまったの。結局、あんたのおじいちゃんが強権を発動して、名前を決めたわけ。忠太。ところが、これには裏があったの。伴宙太《ばんちゆうた》。宇宙の宙の字。彼は飛雄馬の女房役のキャッチャーだったのよ。つまり、あんたのおじいちゃんは、土壇場で息子への愛情を見せたというわけ」

母は一息ついて、続けた。

「でも、まあ、あんたのおじいちゃんがフェアじゃなかったとは言い切れないの。伴宙太は、その後、ドラゴンズに移籍して、『飛雄馬と対決するから』」

どうして三人とも『巨人の星』から離れられなかったのだろう？　と忠太はその話を聞いた時に思った。飛雄馬でも豊作でも宙太でも構わないけれど、もう少し選択の幅を広げてもよさそうなものなのに。

「ジャイアンツファンであることが」と最後に母はため息まじりに言った。「父の唯一の欠点ね」

母は熱狂的なホエールズファンだった。特定の選手が好きなわけではなく、チームが好きなのだ。けれど、その理由はごく単純なものだ、と忠太は思っている。ホエールズは母が生まれ育った町のフランチャイズチームなのだ。

父と母の協定によって、忠太は特定のチームのファンにならないように教育された。ジャイアンツかホエールズのどちらかのファンになれば、家庭内平和が壊されるだろうし、まったく別のチームのファンになるのは、ふたりのプライドが許さなかった。忠太はコミッショナーのような公正な立場で、野球全体を愛することを望まれた。けれど、そんなことは不可能だった。忠太は公正な愛を捧《ささ》げる代わりに、プロ野球に無関心になり、サッカーへの熱い愛を募らせていった。

「母」

忠太は台所で忙しげに夕食を作っている母に声をかけた。母は気づかない。ヘッドフォンで音楽を聴いているからだ。しゃかしゃかと耳障りな音が漏れ、リズムに合わせて母は軽くステップを踏んでいる。

「母」

もう一度呼びかけると、母は振り返った。濡《ぬ》れた手をタオルで拭いてから、面倒臭そうにヘッドフォンを外す。

「何？　お腹《なか》がすいたの？　夕食まで待てないのだったら、パンがあるけど？」

呑気《のんき》なものだな、と忠太は思う。父の怪しげなふるまいについて、さりげなく知らせるつもりだったけれど、母を前にすると、どのように話せばいいのか、わからなかった。

「夕食まで待ちます」と忠太は言った。「なるべく早くお願いします」

「速攻でやってるから」と母は陽気に答えた。「あと三十分で出来るわよ」

忠太たち三人が夕食を食べ始めたのは、一時間後だった。時間にかなりルーズな母にとって、三十分の遅れは誤差の範囲だった。父と母はドラフトとトレードの話で盛り上がり、忠太は食事の間中、孤独と家族の絆《きずな》について考えていた。


「ぼんやりしているんじゃないぞ！」

監督に大声で怒鳴られた。

忠太は帽子を取って、すいません、と謝る。簡単なサードゴロを不注意で取り損ねたペナルティは、グラウンド十周だった。グラブを置いて、走り始める。チームメートは声をかけ合って、練習を再開する。

父のことが気にかかって、練習に集中できなかった。母に知らせた方が良いのではないか、と思ったり、父との約束は破れない、と思い直したり、真実を知ることは必ずしも必要ではない、と考えたりして、ボールに神経を集中させるどころではなかった。

五周走ったところで練習を終えたチームメートたちがグラウンドの整備を始めたのが、見えた。

けれど、忠太は走り続けなければならない。それは、決まりなのだ。監督はバックネットの前で腕組みをして、忠太を監視している。監督は野球部を強くすることだけが生きがいで、そのためには部員を徹底的にしごくことが一番だ、と信じていた。忠太たち野球部員にとってやっかいなのは、理論的な裏づけのない監督の信条が、現実には効果を上げていることだった。

七周目に入ったところで、忠太はペースを落とし、息が切れ、足に重みが感じられるようになったふりをした。監督のしごきをエスカレートさせないための部員たちの取り決めだった。実際には、毎夜のジョギングで持久力をつけているから、グラウンドを十周するのは、大した苦痛ではなかった。けれど、平気な顔で走り終えると、監督は自分が科したペナルティが軽すぎたのではないか、と疑い、次には、もっとハードなペナルティを科すに決まっている。ハードなペナルティは歓迎すべきものではない。だから、部員たちは死ぬほどの思いを味わったふりをして、監督を満足させなければならなかった。

十周走り終わると、忠太はぜいぜいと息を切らし、今にも倒れそうになりながら、監督の前に立った。

「十周終わりました」

「背筋を伸ばせ」監督の厳しい声が響く。「これくらいであごを上げるなんて情けないぞ。体力がない証拠だ。もっと気合いを入れて練習しろ。わかったか？」

「わかりました」

背筋を伸ばして、忠太は大声で答える。

よし、とうなずいて、監督は、くるりと背を向ける。ありがとうございました、と一礼して、忠太は部室に戻ろうとした。

「忠太」と監督に呼び止められた。

ゆっくりと振り返ると、監督の頬が歪《ゆが》んでいた。笑っているつもりらしい。

「あと十周くらいは楽に走れそうだな」

忠太はスパイクシューズのつま先についた土を見ていた。肩で息をする演技をする必要はなくなっていた。

「まあ、いい。来年は、四番を打たせる。期待に応えるように頑張ってくれ」

忠太はうなだれたまま、監督が去っていく足音を聞いていた。ああ、これでまたサッカーが遠ざかる、と思いながらも、腹の底から熱い渦のような嬉しさが湧き上がってくるのを抑えることはできなかった。

「何、にやにやしているのよ」

顔を上げると、明日香が立っていた。薄暮の校庭には、もうほとんど人影はない。野球部が一番最後までグラウンドを使う。サッカー部は、一時間も前に練習を終えている。グラウンド使用に関して、野球部の監督は絶大な影響力を持っている。強いチームが優先的にグラウンドを使う。サッカー部は優先順位の下位にあり、満足な練習もできず、当然の結果として対外試合で勝利をあげられない。悪循環の標本のようなものだ。

「しごかれるのが、嬉しいの？」

明日香は汚れたサッカーボールを持っていた。グラウンドの片隅に転がっていたのを見つけたのだろうか？ サッカー部の用具管理は驚くほどずさんだ。野球部だったら、練習後にボールの数が足りなければ、見つかるまで全員で捜索しなければならない。

「練習が終わって、ほっとしていたんだ」と忠太は顔を引き締めて言った。「明日香の方こそ何をしているんだ？」

「わたしはにやにや笑ってはいない」

確かに笑ってはいない。夕暮れの校庭でサッカーボールを持って、にやにやと笑っている女の子を見つけたら、話をするよりも医務室に連絡する。

明日香はサッカーボールを放り投げた。

忠太はヘディングをしようとして、野球帽をかぶっていることを思い出し、頭を引いて、ボールをうしろに逃がした。

「下手ねぇ」感心したように言う。「野球のボールを扱えるのが不思議だな」

忠太は転がったボールに追いつき、ドリブルをして、インサイドキックで明日香に戻した。ひいき目に見てもスピード感に欠けていた。

「慣れていないんだ」忠太は弁明した。「サッカーボールを蹴る機会は、体育の時間しかないんだ」

それも年に二度か三度しかない。体育教師は冬場のスポーツに剣道を選ぶのだ。体育教師は定年間近のおじいちゃんで、剣道部の部長だった。

「才能の問題じゃない？」

明日香はつま先でボールを弾ませ、ぽとんと蹴り上げて、スカートの裾が広がるのも気にかけず、膝でワンバウンドさせて、両手でつかんだ。

ぱちぱちぱちぱち、と忠太は拍手を送る。

「門前の小僧、習わぬ経をよむ」

「わたしは小僧ではないし、お経をよんだこともない」

「そういう意味じゃないよ」

「もちろん、そういう意味じゃない」と明日香は言った。「才能の問題よ。問題は、才能が希望する部分にないこと」

「ぼくにはサッカーの才能がない？」

ちょっとムッとした。適切なトレーニングをすれば、サッカー選手になれる、と忠太は信じている。基礎体力と運動神経は自信がある。野球のボールよりも数倍大きなサッカーボールを扱えないわけはない。

「才能はオールマイティではない、ということ」

「ははあん」と忠太は言った。「明日香も隠れ野球ファンだったのか。白状しろよ。言いふらしたりしないから」

「頭、おかしいんじゃない？」

明日香はボールを投げつけた。今度は胸でトラップすることができた。上達の早さに忠太は戦慄を覚えた。一年間、サッカーボールを蹴り続けていれば、セリエAからスカウトされるのではないだろうか？　今のうちにイタリア語を勉強しておいた方がいいかもしれない。ボン・ジュール、違う違う。それはフランス語だ。サッカーに言葉はいらない、と忠太は気を取り直す。選手たちはアイコンタクトで意思を伝え合う。右足でパス。ボールは見当違いの方向に転がっていく。

「拾ってきてよ」

冷酷に明日香は言った。

スパイクシューズのせいだ、とあきらめ切れない気持ちで思いながら、忠太はボールを拾いにいった。慎重に狙いを定めてキックする。少し強すぎたようだ。腕組みをしている明日香の横を走り抜けて、バックネットまで転がったボールを追いかけた。

「蹴らないで」

明日香が大声を出した。

忠太はバランスを崩して、尻餅をつきそうになった。ボールを拾い上げると、ゆっくりと明日香に近づいた。数年後に、彼女は日本サッカー界の将来を担うストライカーのプライドを心ない言葉で傷つけたことを後悔するに違いない。サッカーボールを手渡すと、明日香は二度と奪われないように素早く抱え込んだ。

「才能は無駄にしない方がいいと思う」

明日香はまっすぐに忠太を見つめた。

忠太は明日香の大きな目をまともに見返すことができなかった。

「白状しろよ」忠太は暮れなずむ校舎に目をやって言った。「隠れ野球ファンだって」

「わたしは野球ファンよ」と明日香ははっきりと言った。「でも、隠れてはいない。忠太の試合はガキの頃から見てるじゃない?」

「今だってガキだろう?」

「そう思っているのは、忠太だけよ」

明日香はボールを地面にバウンドさせると、サッカー部の部室に向けて、キックした。勢いよくボールは飛び出し、やや左にカーブして、転がり、部室のドアに当たってとまった。文句のつけようのない、鮮やかなキックだった。

「白だな」

忠太は言った。

明日香はスカートの裾を丁寧に直してから、おもむろに忠太の後頭部を平手で張り飛ばした。

3

車に気をつけてね、と母に見送られ、忠太は家を出た。夜のトレーニングが始まる。父は自転車に乗って外で待っている。忠太が走り始めると、父は自転車でうしろからついてくる。角を曲がったところで、父は忠太に手を振って脇道にそれていく。商店街への近道だ。忠太はそのままいつものジョギングコースを走るふりをしてスピードを上げ、商店街の入口に先回りした。

父の尾行をするのは気が引けたけれど、事実を知らなければ、あれこれ想像をたくましくしすぎて体調を崩してしまいそうだった。

商店街の人通りは少なかった。土曜日の夜だから、会社帰りの人たちの姿がないせいだろう。足踏みをしながら電柱の脇で待っていると、父がやってきた。商店街に入ってすぐのビルの前に自転車をとめ、あたりを見回す。ビルの一階には、草野球チーム「ゴールデンベアーズ」の本拠地である居酒屋があった。父はのれんをくぐって店に入っていった。

なんだ、と忠太は思った。居酒屋か。

すぐに父は居酒屋から出てきた。見慣れない包みを抱えている。父は自転車に乗り、右手で一メートルちょっとの長さのある細長いバッグを持ち、左手でハンドルを操作しながら走り始めた。

まさか？　父がそんなことをするとは。

忠太は三十メートルほどの間隔を取って父を追いかける。尾行は難しくなかった。父が向かっている場所は予想がついたから。

商店街を通り過ぎ、駅前を左に折れて、線路沿いの道を三百メートルほど行った場所で父は自転車を降りた。いそいそとバッグを抱えて建物のなかに入っていく。

忠太は駐車場の片隅に立って、大きなため息をついた。駐車場は車で八割がた埋まっている。土曜日の夜のゴルフ練習場は大盛況のようだった。

あんなものはスポーツではない、と父は言い続けていた。老人の暇つぶしだ。歩くのが好きだったら、ボールを打たないでハイキングでもしていればいいんだ。

忌み嫌っていたゴルフの練習を父がしている。どうしても納得できなかった。若い愛人と腕を組んで楽しそうに笑っているところを目撃した方がまだ衝撃が少ない。

忠太は駐車場を通り抜けてまるでホテルのようなクラブハウスの玄関に入った。受付フロントの横に待ち時間表示が出ている。一階は五十分待ち、二階は三十分待ち、三階は十分待ちだった。ロビーには父の姿はなかった。

三階だろう、と見当をつけて、忠太は階段を上がった。誰かにとがめられるかと思ったけれど、ゴルフ練習場は客の出入りに神経質ではないようだった。

三階のフロアに父はいた。目をこすって見直したけれど、奥の打席でゴルフクラブを振り回しているのは、間違いなく父だった。

ボールを打つことに集中していて、忠太が見ていることにはまったく気づいていない様子だ。

一球一球、力任せにクラブを振ってはよろけ、首をひねっている。ボールはゴロになるか、大きく右に曲がっていくか、力なく上に上がるかのどれかだ。決してまっすぐには飛ばない。父は明らかに下手だった。

父はせかせかとボールを打ち続ける。ひとつ手前の打席でボールを打っている初老の男の倍くらいのスピードだ。草野球の打席に立っている時の余裕は全然なかった。父は凡庸な野球選手ではあるけれど、草野球レベルではシュアなバッターとして高い評価を受けている。なのに、と忠太はため息をついた。あの無様な姿はなんなのだ？

大体、と父は言ったことがある。止まっているボールを打つのは、簡単じゃないか。百四十キロのファーストボールと百キロのカーブを投げてくるピッチャーを相手にするのとは比べものにならないよ。ゴルフに夢中になるのは、野球の喜びを知らないか、野球の喜びを理解できない人たちだ。

今、父にゴルフに対する見解を聞いたら、何と言うだろう？

父はぺこぺこしながら、初老の男のアドバイスを聞いている。初老の男は父の頭に手を当て、何か熱心にしゃべっている。初老の男が手を放すと、父はクラブを振り、またしてもボールを右に大きく曲げた。

もうやめればいいのに、と忠太は悲しい気分で思った。ゴルフでみっともない真似《まね》をすることはないのだ。野球で堂々としていればいいのだ。

父の練習は続く。たまにいい当たりをすると、本当に嬉しそうな顔をしてボールの行方を見守っている。忠太が大事な局面でヒットを打った時に見せる顔とは少し違っている。無邪気な、子供みたいな笑顔だ。忠太が今までに見たことのない表情だ。

二十分近く、忠太は父の練習を見ていた。父は汗だくになり、顔を真っ赤にしながら、練習に取り組んでいる。たぶん、忠太のことも母のことも父の頭にはないだろう。ただ小さなゴルフボールをまっすぐに遠くに飛ばすことだけを考えているのだろう。

最初よりも少しだけボールのばらつきが少なくなった。父は満足したようにうなずいて、椅子に腰を下ろし、タオルで汗を拭いながら初老の男に声をかけ、楽しげにしゃべり始めた。

忠太は父に気づかれないように階段を下りてゴルフ練習場を出た。ライトアップされた緑のネットがとても綺麗《きれい》だ。忠太は深呼吸をすると、ゆっくりと走り出す。背後ではゴルフボールを打つ音が五月雨のように聞こえ続けていた。

「お昼を食べたら、出かけていいですか？」

チャーハンをスプーンですくいながら忠太は言った。テレビに向けていた視線を忠太に移すと、母はうなずいた。

「いいわよ。遅くなる？」

「いいえ。夕方には戻れると思います」

「じゃあ、夕食は家で食べるわけね？」

はい、と答えて、忠太はチャーハンを口に入れた。食卓を囲んでいるのは、忠太と母のふたりだけだった。父は暗いうちに起きて、あわただしく出かけたようだ。

母はリモコンでテレビを消した。ニュースを読み上げていたアナウンサーの声がとぎれると、居間は冷たさを感じるくらい静かになった。

「デート？」

え？　と忠太は顔を上げた。

「デートじゃないの？」

母はテーブルに片ひじをついてチャーハンを食べている。母の食事のマナーはあまり感心できない。だらしのない食べ方は良くない、と思うけれど、息子が母親に注意することではない。

「違います」忠太はお茶をすすった。「明日香と会うだけで」

「それを普通は、デートと呼ぶのよ」

デートというのは、もっと心躍るものではないだろうか？　忠太は皿に残っていたチャーハンをスプーンを三度動かして、きれいに片づけた。お茶を飲み干し、時計を見ると、十二時二十分だった。

「どこに行くの？　映画？」

まさかホテルじゃないわよね、と笑う。

「不謹慎なことを言わないでください」

「ホテルに行くのが不謹慎だとは思わないけど、あんたたちにはまだ早い」母はチャーハンを口に運び、しばらくもぐもぐと口を動かしていた。「おこづかいは持っているの？　特別に貸してあげようか？」

「必要ありません」

「遠慮しなくていいのよ」母はジーンズのポケットからくしゃくしゃになった紙幣を取り出した。「来年のお年玉で返してくれればいいから」

「利息を取るんでしょう？」

「まあ」と母は目を丸くした。「あんたは母をどんな人間だと思っているわけ？　月に五パーセントの利息で強欲だと思われるのは、心外だわ」

「やっぱり取るんじゃないですか」

「まあ」と母は目を丸くしたまま言った。「あんたは冗談もわからないのね？」

忠太は母のおせっかいとも思えるお金を受け取った。どうせ使いはしない。今日中に返せば、冗談ではなく母は利息を取ったりしないだろう。

汚れた皿を流し台まで運んで、忠太は二階に上がって、着替えた。明日香と会うのにトレーニングウェアはふさわしくないように思えたからだ。ジーンズを穿《は》き、セーターを着て、半コートを手に取った。コートを着るほどの寒さではなかったけれど、備えあれば憂いなしだ。

階段を下りると、母は玄関で待ち構えていた。腕組みをして、視線を上下に走らせる。まあまあね、とつぶやいて、靴べらを渡してくれた。

「夕食がいらなくなったら、電話して」

「夕食を食べてきた方がいいみたいですね」

靴をはき終わって靴べらを母に返す。

「その方が母は楽ね」にやりと笑った。「父はゴルフ帰りに何か食べてくるだろうから」

母は腕組みをしたまま、ぽかんとした忠太の顔をおもしろそうに見ていた。

「知っていたんですか？」

「知らないわけはないでしょう？」母は余裕の笑みを浮かべた。「あんたたちが何をしているのか、知らないようだったら、妻も母もやめてるわ」

「でも」

どうしてわかったのだろう？　私立探偵でも雇って調べたのだろうか？

「簡単なことよ」と母は忠太の疑問を読み取ったように言った。「父は隠し事ができないタイプだから。何か変だな、と思って、気をつけていたら、すぐにわかった。ゴミ箱に捨ててあったゴルフ練習場のレシートと左手のマメ。単純にふたつを結びつけると、休日の早朝からの外出の理由が明らかになる」

「シャーロック・ホームズの論法ですね」

母は軽くうなずいた。

「浮気の心配はしなかったのですか？」

ばかばかしい、と母は鼻で笑った。

「あんたは知らないだろうけれど、わたしたちは愛し合っているの。父が母以外の女性とつき合うようになったら、それは浮気ではなくて、家庭の崩壊、ということね」

「ごちそうさま」

「生意気は言わないの」

ぴしゃりと母は言った。忠太は頭を下げて謝意を表した。母の目は笑っている。彼女は家庭を完全に把握していることに深い満足を感じているようだった。

「この際だから、忠太に忠告をひとつ」

はい、と忠太は身構えた。悩みのひとつが解消したのだ。少しくらい小言を聞くのも苦にはならない。

「サッカー雑誌をこそこそ読むのは、やめなさい。父も母もサッカーを禁止しているわけではないのだから。あんたは三歳の時にサッカーボールで遊んでいて、転んで頭を打ったことがあるのよ。大きな怪我《けが》はしなかったけれどね。でも、それ以来、あんたはサッカーボールを怖がるようになった。父と母の温かな教育的配慮によって、家のなかからサッカー関係のものを排除したわけ。つまり、あんたは自分で野球の道を選んだってこと」

頭のうしろに鈍い痛みが走る気がした。忠太は反射的に手を頭に当てる。傷もこぶもない。

「そして、父と母はあんたの選択が間違っていなかったと思うし、満足もしている。でも、サッカーがやりたければ、反対はしない」母はにやりと笑った。「趣味としてなら」

趣味としてのサッカーをイメージしようとしたけれど、うまくいかなかった。

母は忠太の肩をポンとたたいて、いってらっしゃい、と励ますように声をかけた。玄関の外に出ると、背後でゆっくりとドアが閉まった。

母の話は本当だろうか？　頭から手を放して、忠太は歩き始める。油断のならない母のことだから、作り話で丸め込むつもりかもしれない。なにせ母は野球のことになると、善悪の彼岸に立ってしまうのだから。

曇り空から一筋の光が差している。

明日香はマンションの門柱に凭《もた》れて、つま先で小石を蹴飛ばしていた。クリーム色のスカートからのぞく、ほっそりとした足がまぶしい。

忠太は足を止め、唾を飲み込んだ。心臓がどきどきしている。声をかけようとして、手を上げたけれど、声が出なかった。

「遅いじゃない」

忠太に気がつくと、明日香はぷっと頬をふくらませ、駆け寄ってくる。女の子だ、と忠太は思う。かわいらしい女の子は、ためらいもなく忠太の腕をつかんだ。

「約束の時間を忘れたの？」

一時を五分少し回ったところだった。責められるほどの遅れではない、そう思ったけれど、忠太は口にしなかった。

「出がけにいろいろとあったんだ」

「言い訳は聞きたくない」

忠太の腕を引っ張るようにして、明日香は歩き始める。

「何をそんなに急いでいるんだ？」

「試合が始まっちゃうのよ」

「試合？」

「ラグビーの試合」明日香の瞳が輝く。「白状するけど、実はわたし、ラグビーフリークなの」

「サッカーじゃなくて？」

「サッカーじゃなくて」

にっこりと笑う。スポーツフリーク特有の笑いだ。ホエールズの試合を見る時の母の表情とそっくりだ。

「忠太も試合を見れば、絶対に好きになるから、本当、嘘じゃないから」

「ぼくは別にラグビーを好きになりたいとは思わないんだけれど」

明日香は早足で歩き続ける。腕をつかまれている忠太はしかたなく明日香と歩調を合わせる。傍目《はため》には仲の良いカップルに見えるかもしれない。そう思うと、悪くない気分だ。

「わたしね、子供が生まれたら、絶対にラグビーをやらせるの。男の子はラグビーよ。ラグビーを見ていると、自分がどうして女に生まれたのか、くやしくてならないの」

ぼくはラグビーをやるべきなのだろうか？　と忠太は思った。

「男の子を産んで、ラグビー選手にするのがわたしの夢」明日香は歩きながら、忠太の顔をのぞき込んだ。澄んだ大きな目が輝いている。「ねっ、いいでしょう？　忠太」

何がいいのか、よくわからなかったけれど、もちろん、いいよ、と忠太は答えた。明日香の顔に笑みが広がり、忠太も微笑した。母のかん高い笑い声がどこからか聞こえてくるようだった。

決戦は金曜日

1

白い影がすっと右から左に動いた。次の瞬間、体がふわりと宙に浮く。体のどこにも抵抗は感じない。無重力状態だ。あっと思う間もなく、体はぐるりと回転を始める。きれいに技をかけられると、陶酔感にも似た感覚を覚える。背中が畳に向く。もうどんな抵抗をしても無駄だ。反射的に受け身の姿勢を作り、畳にたたきつけられると同時に左手でパンと畳をたたく。

健太《けんた》はゆっくりと目を開いた。左手は軽く曲げられた形で、枕の上に載っている。体は少しひねったままだ。ふう、と大きく息を吐いて、仰向けになり、二秒ほど天井を眺めていた。

ちょっとした油断だ、と健太は思う。相手の動きに合わせすぎて、うまく隙をつかれてしまったのだ。柔よく剛を制す。夢のなかの相手はそのコツを熟知しているようだ。

もう一度、深呼吸をしてから、両手を頭のうしろで組み合わせ、肘を広げたままで上体を起こした。腹筋の張りが心地よい。

パジャマ姿のまま部屋を出て、洗面所に向かい、歯を磨いて、顔を洗う。家族の誰もまだ目覚めてはいない。

午前五時半、まだあたりは薄暗い。早朝の空気は冷たく、小さな針のように肌を刺す。ジョギングウェアに着替えて、健太は近くの公園までスピードを早めながら歩き、体が温まってきた頃にストレッチを始める。

小学校の頃までは柔道の伝統的なトレーニング方法を順守していた。木に帯を結びつけて背負い投げの練習をしたり、闇雲に走り込んだり、うさぎ跳びをしたり。指導者は初老の〝頑固親父〟だったから、自分の経験だけに基づいた、非科学的な練習法を奨励し、何かと言えば、精神だの気力だの努力だのという言葉を口にした。

そんなのはうんざりだ、と健太は思っていた。けれど、どのようにすれば、精神論から逃れられるのか、わからなかった。

迷いを解いてくれたのは、中学の体育教師だった。大学を出て数年しかたっていない若い教師は、故障をできるだけ少なくする、科学的なトレーニングの大切さを教えてくれた。教師は陸上部の顧問だったけれど、健太がトレーニング方法の相談に行くと、丁寧にわかりやすく話してくれた。

頑固な柔道指導者の精神論よりも教師が教えてくれたトレーニング方法の方がずっと納得できたから、健太は独自のメニューを作って、体力を増進させることにした。

体力と技術の両方が備わっていれば、強くなることができる、と健太は信じている。良い技術も体力に支えられなければ、効果を効率よく発揮できない。逆に体力だけでは、技術に対応しきれない。そして、集中力によって体力と技術は最大限に活《い》かされるのだ。技術は週に三日通っている道場で獲得すればよく、体力は独自の（科学的、と健太が信じる）トレーニングによって養う。

健太のもくろみは成功しつつあった。筋力はバランスよくつき、技にも切れが出るようになった。科学的なメニューと父親を口説いて買ってもらったトレーニングマシンのおかげだ。

腹をひっこめてゴルフのハンディを減らすぞ、とマシンを買った当初は、父親の決意も固かったけれど、二週間もしないうちにトレーニングをやめた。マシンで体をいじめるよりも酒場でビールを飲んでいた方が楽だからだろう。父親は肥満ぎみの体の改善もゴルフの上達もあきらめたようだった。

全身のストレッチをして体を目覚めさせると、健太は公園のなかを早足で歩き始めた。ジョギングよりもウォーキングの方が膝や足首にかかる負担は少ない。冷たい空気を心地よく感じながら、犬の散歩をさせているおばさんやおじさんの間を縫って歩き続ける。

夢のなかに現れた相手は誰なのだろう？　と健太は考える。顔はぼやけていてわからなかった。道場に通っている練習生たちのなかの一人か？　そう思った時、健太は胸の奥にざわめきを感じた。不安にも似た感覚。健太は深く息を吸い込み、ゆっくりと吐き出す。秋川友里《あきかわゆり》。名前を思い出しただけで動悸《どうき》が激しくなる。柔道着からのぞく、ほっそりとした手足が頭に浮かぶ。白い肌。健太はあわてて首を振る。けれど、ふくらむ妄想を頭のなかから追い払うことはできない。滑らかな頬、柔らかそうな唇、濡《ぬ》れたように光る目、つややかな黒い髪。すぐそばに友里が立っているような気がする。息づかいが聞こえ、吐息すら感じる。いけない、と声を出して、健太は思わず走り出した。体力の浪費だとわかっていたけれど、友里の幻影から逃れるためには体を動かすしかなかった。

秋川友里をいつから意識し始めたのか、健太にもわからなかった。ある時、道場の隅に座って友だちと話している友里の横顔を見た瞬間に軽いショックを感じた。体が動かなくなり、友里から視線をそらすことができない。気配を感じたのか、友里が健太の方を見た。浮かんでいた微笑が消え、困惑の表情が現れた。彼女はちょっと小首を傾《かし》げて、もの珍しそうに健太を見ると、すぐに友だちの方に向き直った。笑い声がかすかに聞こえ、健太はいたたまれない思いがして、頑固親父に乱取りを志願した。

それ以来、友里と出会うと、緊張してしまう。まともに顔を見ることもできない。じっと見つめていたいのに、彼女に気づかれたくないから、ごく短い間、盗み見をするだけだ。そのせいなのか、健太は友里の顔をぼんやりとしか思い浮かべられない。

これが、恋ってやつなのだろうか？　と健太はこの頃、思うようになった。もしそうだとすると、恋というのはかなりやっかいなものだな。

早朝の軽いトレーニングを終えて、家に戻ると、母親が朝食の用意を始めていた。朝はパンと決まっている。食卓には家族四人分の皿が並べられているけれど、ひとつ年下の妹は朝食を食べる習慣を失っていた。

健太はシャワーを浴びて服を着替えると、自分の部屋に入った。朝食までの一時間ほどの間に予習をする。それが一番能率が良いのだ。夜は眠るための時間だ。眠い目をこすりながら机に向かっているのは、時間と体力の無駄づかいだ。

健太は夜十時にはベッドに入る。時々、テレビ番組の話題についていけないことがあるけれど、苦にはならなかった。目指すは文武両道、と健太は思っている。しかし、これは頑固親父の影響だな。

英語のテクストを開いて、例文の暗唱を始める。なかなかはかどらない。集中できないのだ。ふう、と息を吐いて、両手を天井につき上げて伸びをする。深呼吸を繰り返せば、呼吸は安定し、呼吸が安定すれば、精神も落ち着きを取り戻す。けれど、心の乱れは収まらなかった。例文を目で追っていても頭は白い影のことを考えている。白い影はやがて友里のぼんやりとした像に結びつく。

教科書を閉じて、健太は椅子から立ち上がった。調子の良くない時には粘っても無駄だ。気分転換が必要なのだ。健太は学校に行く準備を調えて部屋を出た。

「早いのね」

母親はハムエッグをフライパンから皿に移し替えているところだった。トーストとハムエッグとサラダが朝食の定番だ。ハムエッグがベーコンエッグになったり、目玉焼きのソーセージ添えになったりすることはあるけれど、基本は変わらない。

「早めに学校に行くよ」

健太は手を洗ってから食卓につく。父親も妹もまだ寝室から出てきていない。彼らは朝、出かける前の時間の大半をできるだけ長い時間眠ることに使う。

「何かあるの？」

母親が訊《き》いた。

「別に何もないよ」健太はトーストにマーガリンを塗る。「どうして？」

「何か行事でもあるのか、と思って」

「そんなものはないよ」

ミルクをたっぷりと入れたコーヒーをすすり、トーストをかじる。本当は和食の方がいいのだけれど、と健太は思っている。炊きたてのご飯に味噌汁《みそしる》に納豆、それに鰺《あじ》の干物でもつけば、最高だ。一度、和食の提案をしたけれど、家族全員の反対にあった。朝から旅館の朝食みたいなものを食べる気がしない、というのが第一の理由で、作るのに手間がかかる、というのが母親の意見だ。それに、和食の朝食は塩分が多すぎるのよ。

健太は黙々と朝食を食べる。母親は椅子に座って正面から健太の食事風景を眺めている。

「あんた、また大きくなった感じね」

「そうかな」

「筋肉マンみたいになってしまうんじゃない？」

母親はマシンでのトレーニングをあまり快く思っていない。彼女はもっとスリムな、例えば、長距離が得意な水泳選手みたいな体型の息子を好ましい、と思っているようだ。だったら、もっと小さい頃に水泳教室に通わせてくれればよかったのだ、と健太は思う。そうすれば、カナヅチで苦しむことはなかったのだ。

「筋肉マンになったら、絶望する？」

「絶望はしないけれど」充分に暗い声で母親は言った。「できるだけ目を合わさないようにするわ」

軽い吐息をつく。母親は背が低く、小太りで、どうみてもバランスの良い体型ではなかった。だから、自分にないものを父親や息子に求めるのだ。父親は若い頃はスリムだったそうだ（今ではちょっと想像できない）。息子は着実に柔道向きの体型になりつつある。母親の期待に応えてスリムな体型を維持しているのは妹だけだった。

「トーストをもう一枚焼いてくれない？」

「まだ食べるの？」

「トースト二枚じゃ、昼までもたないよ」

「太るんじゃない？」

「太ってもいいじゃない」

母親は渋々立ち上がり、トースターにパンを入れた。ようやく父親が起き出してきて、洗面所に行き、顔を洗い始める。がらがらとうがいをする音が盛大に響いて食欲をなくしてしまいそうだった。

健太はハムエッグとサラダをきれいに片づけ、ほんの少しだけ焼けたパンをトースターから取り出して食べ始める。ガー、ペッペッ、ゴホンゴホン、と父親がたてる騒音にせかされるように健太はトーストを口のなかに押し込み、カバンをつかんだ。

「いってきます」

もぐもぐと口を動かしながら、玄関で靴をつっかけ、外に出たところでようやくトーストを呑《の》み下した。

ふう、と大きくため息をついて、健太は歩き始める。学校に行くには早すぎる時間だった。けれど、他に行く場所なんてない。

月、水、金の午後五時から地域センターの体育館の一角で柔道教室は開かれている。体育館の床の上に畳が敷きつめられ、そこで指導を受けるのだ。体育館は、もちろん、柔道だけが使うわけではなく、バレーボールのコートもあるし、バスケットボールをすることだってできる。月曜日にはママさんバレー、水曜日にはバドミントンと卓球、金曜日には新体操と体育館を共有する。

学校から帰ると、健太は柔道着やタオルを入れたスポーツバッグを持って、体育館に出かける。週に三回行く必要はなく、二回でも一回でもいいことになっている。でも、健太は週に三回通う。友だちが通い始めたから、という安易な理由で始めた柔道だったけれど、今では誰よりも熱心だった。技をかけて決まった時の魅力のとりこになったのだ。柔道は健太の理論好きの性格に合っていた。

柔道着に着替えて、準備体操をしてから、相手を見つけ、練習を始める。頑固親父をリーダーにした指導者たちは、練習を見守り、時には相手になってくれる。指導者たちの多くは、学生や社会人で、頑固親父の弟子たちだ。

一汗かいた頃に、頑固親父に呼ばれた。

頑固親父は頭が薄くなってもがっしりとした体型を維持している。耳はもちろん、ギョーザ耳になっていて、それを見る度に、健太は耳がギョーザになり始めたら、さっさと柔道をやめてしまおう、と決意を新たにする。

頑固親父は少女チームを前にして、技の説明をしていた。背負い投げについての講釈だった。総勢七名の少女たちは、あまり興味がなさそうな顔をして、頑固親父の説明を聞いていた。右端に座っている友里と目があって、健太はちょっとどぎまぎした。柔道着が乱れているんじゃないか、と気にかかり、足取りがぎごちなくなった。

「健太」と頑固親父は呼びつける。「相手をしてくれ」

はい、と短く、大きな声で答える。こんな時に嫌な顔をすると、あとで痛い目に遭う。

普段は、技の説明をする時の頑固親父の相手は、学生や社会人たちだ。けれど、今日は学生の数は少なく、彼らは少年たちの相手をしていた。社会人がやってくるのは、もっと遅い時間だ。

頑固親父は技の説明をしながら、健太を投げ飛ばす。さすがに指導者だけあって、技の切れは鋭い。流れるようなリズムで技が決まり、あっさりと健太は投げられ、受け身の姿勢を取った。

抵抗しようとしても自分の力が吸い取られていく気がする。相手に向けた力が自分のバランスを崩すように作用するのだ。

たぶん、真剣勝負をしてもまだ頑固親父には勝てないだろうな、と健太は思う。

十回ほど続けて畳に投げつけられ、いい加減、嫌になったところで頑固親父は技の説明を終えた。頑固親父と組み合って、技のコツを盗めるのは、ありがたかったけれど、同年代の女の子たちの前で繰り返し投げ飛ばされるのは、あまり良い気分ではない。

「じゃあ、二人ずつ組になって練習を始めよう」

頑固親父が宣言した。彼はどうも少女たちに対しては言葉遣いが丁寧なようだ。

少女たちがのろのろと立ち上がり始めると、健太は柔道着の前を直して、自分の練習に戻ろうとした。

「健太」頑固親父が呼び止めた。「お前は友里と組め」

「え？　ぼくも？」

「人数が足りないんだ。それに、お前は背負い投げの練習が好きだろう？」

頑固親父は口もとに皮肉な笑みを浮かべている。健太が背負い投げの得意な選手に憧れていることを知っているのだ。健太はできるだけ立ったまま、柔道をしたいと思っている。寝技は嫌いなのだ。畳の上でもがき続けるなんてひどく見栄えが悪い。寝技をかけられると、健太は技から逃れる努力をしないことにしている。寝技は耳のギョーザ化を促進するし、技が決まれば、どうもがいても逃れることはできないのだ。

「不満か？」

頑固親父の目が少し厳しくなる。別に不満はない、と健太は思う。ちょっと照れくさいだけだ。

「いいえ」

「じゃあ、友里、健太が相手だ。遠慮せずに投げ飛ばしてやれ」

気合いを入れるように健太の肩をぽんとたたいた。

友里はすっくと立ち上がり、手と足の関節を回して、軽く準備体操をした。ファイトー、と叫ぶママさんバレーの選手たちの声が響く。調子が狂うな、と思いながら、健太は友里と正対した。

友里は健太よりも十センチほど背が低い。すらりとした体型で、手足が長く、とても体が柔らかそうだ。

一礼して、襟を取る。まともに目を合わすことができず、健太は首筋に視線を向けた。ああ、色が白いな、と思った時だった。いきなり体がふわりと浮いて、回転を始め、きれいに背負い投げを決められていた。

嘘《うそ》だろう? これ。

見上げると、友里が微笑している。目がきらきらと輝いて、頬がうっすらと紅潮している。

健太は立ち上がり、深呼吸をして気合いを入れ直す。友里に見とれてばかりはいられない。女の子に簡単に投げ飛ばされたのでは、立つ瀬がない。

さっきのは、ちょっとした油断のせいだ、と健太は思い直す。今度は違う。

違わなかった。襟を取り、間合いを測っていると、すっと友里の体が動いて、健太は畳にたたきつけられていた。

実に鮮やかだ。感心している場合ではない。友里は他の少女たちのような初心者ではない。技をかけるコツを熟知している。そうでなければ、体力の勝った者を簡単に投げることはできない。

「どうした、健太」と頑固親父が愉快そうに声をかけた。「投げられてばかりじゃなくていいんだぞ」

友里は一言もしゃべらない。組むまでは柔らかく微笑している。組むと同時に表情が引き締まる。健太が力を入れても逆らわない。右に左に重心をずらし、技をかけるタイミングを測る。けれど、友里の動きはとても滑らかでバランスは崩れない。うかつに技をかけにいくと、逆に反動を利用されそうだ。

どうしよう？　フェイントでもかけてみるか。引きつけるタイミングを少しずらして、腰を入れた。決まった、と思った瞬間、足を払われて、返し技の犠牲になっていた。

嘘だろう？　これ。

でも、本当なのだ。健太は素早く立ち上がった。畳の上に座り込んでいるわけにはいかない。練習生たちが盗み見をしているのはわかっている。健太は女にも勝てないなどと思われたら、最悪だ。練習生たちのなかで健太と互角に闘える者は数えるほどしかいないのだ。

もう一度、組む。相手が友里だと思うからいけないのだ。男だと思えばいいのだ。

けれど、またしても健太は友里の技の餌食になった。

「その辺でいいだろう」

頑固親父の声がかかった。

名誉挽回《ばんかい》のチャンスは失われた。そう思いながらも健太は心の片隅ではほっとしていた。これ以上続けても友里に勝てるとは思えない。焦れば焦るほど技の切れはなくなる。絶望するほど惨めな気分になるよりも今のうちにやめておいた方が賢明だ。

丁寧にお辞儀をして、健太は友里に背を向けた。練習相手のニキビ面の男がにやにや笑いながら近づいてくる。

「健太、女相手だと力が入らないのか？」

健太は答えずにニキビ面の襟を取った。相手の体勢が整うまで待ってから、背負い投げをしかける。あっけなく技は決まった。

別に調子が悪いわけではないのだ、と健太はニキビ面を見下ろして思う。友里が強いのだ。

少し離れた場所から友里の動きを見守った。今は女の子を相手に組んでいる。投げたり投げられたりを繰り返している。投げられた時の身のこなしもしなやかだ。相手の女の子は初心者だから、わざと背負い投げがされやすい体勢を作っているようだ。

友里は健太の方に顔を向けると、にっこりと笑った。体からすっと力が抜けていく感じがする。彼女の笑顔は闘志を奪ってしまう。こんなことではいけない、と気合いを入れ直しながらも、健太は思わず頬が緩むのを抑えることができなかった。

2

「お兄ちゃん、眠りながら、にやにや笑わないでくれる？」

妹の声が頭上で響いた。

健太はまばたきをして妹を見上げる。彼女はバスタオルで髪を拭きながら、ソファに寝転がっている健太を見下ろしている。

「気持ち悪いよ」

妹は露骨に顔をしかめる。彼女は最近、健太を父親と同類に扱うようになった。不潔でだらしなくて汗くさく、いやらしいことしか考えていない動物。それが彼女にとっての身近な男のイメージだ。わたしは女に生まれて本当に良かった、とはっきり口に出して言うようになったのは中学に入った頃からだ。

「笑ってたか？」

健太はまぶたをこすり、上体を起こした。テレビを見ていてつい眠ってしまったみたいだ。

「にやにや笑ってた」と妹は言った。「変な夢でも見てたんじゃない？　それとも、えっちな夢かな？」

ぶかぶかのパジャマの袖をまくり、健太を押し退《の》けるようにソファに座る。風呂上がりの湿った匂いが漂う。浴用剤の香りが鼻をつき、健太は少し居心地の悪さを感じて端に寄った。

「お兄ちゃん、女の子に投げられたんだって？」

バスタオルを肩にかけ、足の指に目を向けたまま妹は言った。彼女の最大の関心事は自分の体のラインだった。彼女には体の部分部分に理想の形があり、それにいかに近づけるかを課題にしているようだった。足の指はほぼ理想の形に近いのだろう、うっとりとした目で足の指を一本一本もみほぐしている。そうすれば、指の形がもっときれいになると信じているかのように。

「投げられてやったんだ」と健太は言った。「でも、誰に聞いたんだ、そんなこと」

「友だちから。柔道を習っている子がいるのよ。お兄ちゃんが女の子に投げ飛ばされるのを見て、ちょっと幻滅したとか言ってた」

悪いイメージだ、と健太は思う。女の子に簡単に投げられてしまう、とみんなに思われたら、柔道がやりにくくなる。対戦相手のイメージは勝負に多大な影響を与えるはずだから。勝てないだろう、と思う相手には、絶対に勝てないのだ。

「あたしの言ってること、わかる？」

「ああ」と健太は不機嫌にうなずいた。「だらしない兄貴を持って気分が悪いってことだろう？」

「違うわよ」

妹は足の指のマッサージを中断して上体を起こした。薄っぺらな体だ。片手で持ち上げられそうだ。

「お兄ちゃんに憧れる子もいたってことよ」

「だから？」

ぎゅっとこぶしを握って腕に力をこめる。筋肉が盛り上がるのが感じられる。

「だからって？」

「俺に何かしてほしいわけか？」

力を抜く。筋肉は元の状態に戻る。スピードをパワーで制することはできないだろうか？　と健太は考える。友里の滑らかな動きに対応するには、パワーしかないような気がした。

「えっちだなあ、その論理展開」

「お前はえっちなことしか考えないのか？」

「失礼ね」ふんと鼻を鳴らした。「だから、もてないのよ」

「それでお前に迷惑をかけるわけじゃないだろう?」

「今のところはね」と妹は言った。「でも、これからはわからない」

健太は軽くため息をついた。

「女に投げられるようなだらしない兄貴がいて、恥ずかしい、と思っているのだったら、間違いだぞ。あいつは初心者じゃないんだ。女とか男とか関係ないくらいに強いんだ」

友里がどれくらい強いのか、正確に説明できないのがもどかしかった。彼女と組み合ったことがないものには、彼女の強さは絶対にわからない。柔道を知っているものだってそうなのだから、柔道を知らないものはなおさらだ。

「お兄ちゃんはすぐにむきになるんだから」

妹は弾みをつけて立ち上がると、バスタオルをわざと健太の目の前でばさばさと振ってから、洗面所の方に歩いていった。

しばらくすると、ドライヤーの騒々しい音が響き始めた。髪の毛が完全に乾き、セットが整うまでに最低三十分は騒音に悩まされるだろう。

今度は絶対に勝つ、と健太は自分の部屋に戻りながら思う。女だと思って、最初、真剣にやらなかったのが間違いだったのだ。途中で気合いを入れ直しても、彼女のペースからは逃れられなかった。今度は違う。油断せずに、最初から彼女の技を封じてやる。

あくびをかみ殺した時に、教師に指名された。痩せ形でさらさらの髪の毛を肩のあたりまで伸ばした若い英語教師だ。厭味《いやみ》なやつだと健太は思い、英語教師も健太を嫌っているようだ。

健太、凄《すご》い筋肉だなあ、と冷やかすように言ったりする。まるで体を鍛えるのが悪いみたいな口調だ。

知性は筋肉に宿るという言葉を知らないのだろうか？

知っていたとしても、きっと、頭が空っぽの人間が筋肉だけをつけても仕方がない、と切り返してくるだろう。

「健太」と英語教師はにやにや笑いながら、言った。「このItは何を指す？」

健太はのろのろと立ち上がる。このItがどのItなのか、見当もつかなかった。教科書の一ページには、十以上のItがあった。

「どのItですか？」

健太は訊いた。

「ぼんやりしているから、わからないんだろう」

教師はにやにや笑いを浮かべている。けれど、目は陰険に光っている。薄い唇を舌の先でペロリとなめて、クラス全体を見渡す。さあ、みなさん、と教師は言っているようだ。これから、筋肉少年を笑い者にするから、よく見ておくんだよ。

「ぼんやりしていたわけではありません」と健太は言った。「別のことを考えていただけです」

「それをぼんやりしている、と言うんだ」

教師の声に怒りの色がにじむ。英語教師の弱点はすぐに感情的になってしまうところだ、と健太は思っている。感情がたかぶると、隙ができやすい。英語教師はたぶん柔道を知らないから、感情を抑制することの大切さがわからないのだ。

「ぼんやりするのと別のことを考えるのとはまったく違う、と思います」

「授業に集中していない、という意味では同じじゃないか」

「それは認めます。ですから、先生は授業に集中していない、と非難すればいいのです」

「生意気を言うな」

完全に怒っていた。クールなポーズは消え去り、頬が赤らんでいる。肩に力が入り、教科書をつかむ手が小刻みに震えていた。

クラスメートたちは、面白そうに教師と健太のやり取りを見守っている。不愉快そうに顔をしかめているのは、英語教師のトレンディドラマの俳優めいた外見とポーズに好感を持っている一部の女子生徒だけだ。

「失礼しました」と健太は一礼した。

おどけた健太の仕草にクラスメートたちから笑い声が漏れる。

勝ったな、と健太は思う。

「質問に答えろ」と英語教師はヒステリックに叫ぶ。「このItは何を指している？」

「どのItでしょうか？」

こいつは本当に馬鹿だな、と健太は思う。冷静さを失って情況が見えなくなっている。自分が何をすべきかがわからないのだ。

「このItだ」

英語教師は絶対にどのItかを説明しようとしない。何とかして健太に惨めな思いをさせようと、そればかりを考えている。

「先生」少し間を置いて健太は言った。「ぼくは授業に集中していなかったことを認めました。その点に関しては反省しています。たぶん、先生がぼくに質問をしたのは、ぼくの注意をもう一度授業に引き戻すためだったのだろう、と思います。それは達成されました。その上で、もう一度、同じ質問をされるのは、純粋に英語を学ぶ、という目的のためだと思います。だったら、このItがどのItかを教えてくださるべきではないでしょうか？　もし、それを拒否されるのだったら、先生は単にぼくに意地悪をしているだけ、ということになりますけれど」

英語教師は一瞬、ポカンとした顔をした。

教室は静まり返っている。試合中の道場みたいだ、と健太は思う。この緊張感がたまらないのだ。

「上から五行目のItだ」

押し殺した声で英語教師は言った。

健太は教科書に目をやり、少しの間、英文を吟味した。

「このItが指し示すのは、to以下の部分です」

ふん、と英語教師は鼻を鳴らした。

「こんなものは、誰でもわかる」

英語教師はくるりと背を向けて、黒板に例文を書き始めた。座れとも立ったままでいろとも言わない。本当に子供っぽい奴《やつ》だな、と思いながら、健太は立ったままでいた。

黒板に例文を書き終わると、英語教師はゆっくりと振り返った。健太に目を向けると、チッと舌打ちをした。

「座っていいぞ」と悔しそうに英語教師は言った。「それとも、立っているのが好きなのか？」

健太は椅子に腰を下ろした。許可を得ずに座っていたら、英語教師はまた難癖をつけるつもりだったに違いない。早いばかりで明瞭さのかけらもない気取った発音で例文を読み上げる英語教師の声を聞きながら、健太は少しばかり憂鬱な気分でノートに例文を書き取り始めた。

終業を告げるチャイムが響くと、英語教師は健太をにらみつけて教室を出て行った。時間通りに授業を終えるのが、英語教師のほとんど唯一の美徳だ、と健太は思う。

英語教師ファンの女子生徒が足早に近づいてきて、健太の前に立ちふさがった。

「何よ、あの態度」

「俺、トイレに行きたいんだけど」

「先生を馬鹿にしてるんじゃないの？」

頰にニキビが目立つ小太りの女だ。英語教師の親衛隊の代表格だ。各クラスに数人は英語教師の親衛隊がいる。彼女たちは徒党を組んで放課後や各種のイベントの時（体育祭や文化祭）、英語教師にまとわりつき、抜け駆けをしないようにおたがいに目を光らせながら、個人的な親交を深めようと努力している。

「馬鹿にしてるんじゃなくて、あいつは馬鹿なんだよ」

「何てこと言うの。馬鹿？　馬鹿はね、あんたの方よ。あの先生はね、アメリカにも留学していたのよ」

「どんな学歴があっても、馬鹿は馬鹿だ」

健太は小太りの少女を押し退けてトイレに向かおうとした。

「何よ、健太なんか女に負けるくせに。あたし、知ってるんだから。体が大きくても柔道で女に負けるなんて最低よ」

　まったく、と健太は舌打ちする。でかい声でわめき立てるのもいい加減にして欲しい。

「俺が負ける相手に」と振り返って健太は言った。「あの先生が勝てると思うか？」

　親衛隊代表は健太の言葉など聞いていなかった。

「先生は」と彼女は言った。「あんたなんかよりずうっと格好いいわよ」


　午後二時になると、急に眠くなる。耐えられないほどの眠気だ。必死になって目を開けていようとするのに、まぶたが下りてしまう。授業なんかまったく頭に入らない。眠らない努力をするだけで精一杯だ。

　どうして昼寝の時間がないのだろう？　眠気との戦いに無駄な時間を費やすより、一時間の昼寝をした方が、ずっと合理的なのに。

　そんな幼稚園児みたいなことはできない、と友人のひとりは言う。みんなで体育館の床でごろごろ寝るわけにはいかないよ。いろいろと問題も起きるしさ。

　例えば？

　例えば、隣にたまたまきれいな女の子が寝ていて、つい、さわってしまったり、とか。

俺はそんなことはしないな。

健太がしなくても、する奴はいるんだよ。

別々の部屋で昼寝をすればいいじゃないか、妙な心配をしなくて済むし。

心配はなくならないよ、と友人は片目を閉じて言った。教師にだって若い男はいるんだぜ。俺が女だったら、やっぱり安心して眠れないよ。

中学校には昼寝の時間はない。その理由は健太と友人たちが想像したものとは違うかもしれない。でも、理由なんてどうでもいいのだ。午後二時からの約一時間、健太が眠気に悩まされることには変わりはない。

起きているのか、眠っているのか、自分でもよくわからない状態にある時、健太はまた白い影を見た。素早く滑らかな動きで、健太を翻弄する白い影だ。一瞬の隙をつかれて、健太の体は宙に舞う。しまったと思ったとたんに目が覚めた。級友たちのくすくす笑いが聞こえ、黒板の前で初老の国語教師が苦々しげな顔をして健太をにらんでいた。

「大声を出すのは遠慮して欲しいものだな」と国語教師は言った。「どんな夢を見ていたのかは知らないけれど」

健太はあわてて目をこすり、口もとを手の甲で拭った。幸いよだれを垂らしてはいなかった。ほんの少しの間、時間にして二分ほど眠っていたらしい。いびきはかかなかっただろうな、と健太はまわりをうかがう。隣席の女の子がにやにや笑いながら、首を左右に振った。

「俺、何か言った？」

小声で訊く。

「叫んだ」と女の子も小声で答えた。「誰かの名前みたいだった」

国語教師の咳払《せきばら》いで、会話は中断された。

健太は教科書に目を向け、背筋を伸ばした。眠気は去っていた。けれど、授業には集中できなかった。

3

体育館には、まだ人影は少なかった。

小学生の男の子が三人、準備体操をしているだけだ。バドミントンも卓球も参加者は少ない。体育館に活気があふれるのは、もっと遅い時間になってからだ。

健太は柔道着に着替えて、ストレッチを始める。友里がいつやって来るのか、気になってつい視線を出入口に向けてしまう。

準備体操を終え、健太は畳の上に正座をしてゆっくりと深い呼吸を繰り返した。自分の精神状態が普通ではないことはわかっていた。気を落ち着けなければならない、と健太は思っていた。そうしなければ、友里には勝てない。

五時すぎになると、ようやく体育館にはスポーツを楽しむ人の姿が目につき始め、柔道場にも二十人ばかりの少年少女が集まった。

けれど、友里の姿はない。

できるだけ小柄で、動きの早い相手を選んで健太は練習を始めた。リハーサルのつもりだ。組み合っている時だけ、友里のことは忘れている。練習相手は決して弱くはない。隙を作れば、すぐに技をかけてくる。

「健太」と何回目かの背負い投げを食らって相手は言った。「今日は気合いが入ってているな」

健太はうなずいただけでまた組もうとする。

「もういいよ」と相手は顔の前で手を振った。「投げられてばかりじゃ、練習にならないよ」

「受け身の練習にはなるだろう？」

健太は相手の手をつかんでひっぱり起こした。体を動かしていなければ、落ち着いていられなかった。今、練習相手を失うのは精神衛生上好ましいことではない。相手の技をかわしているだけの方がよほどましだ。

「俺の方から手は出さないから」と健太は告げた。「でも、隙があれば、返し技はかけるぜ」

「いいよ」と相手は笑った。「できるものなら、やってみれば」

組む。奥襟を取って相手の動きをうかがう。相手は間合いを測っている。右足が飛んで、くるぶしのあたりを払う。なるほど大外刈りを試したいわけか。健太は充分にバランスを保っている。相手の技には切れがない。フェイントをかけてから、立て続けに技をかけてくる。少しずつうしろにさがりながら、健太は返し技をかけるタイミングを測る。

バランスよく立っている人間をそのまま投げるのはとても難しい。技は相手がバランスを崩した時にかけなければならない。相手のバランスを崩させるために、動きのリズムを変えたり、動きの方向を変えたりする。ところが、技をかけようとする側もその時には自らのバランスを一瞬、崩してしまう。返し技は、つまり、技をかけられた側がバランスを保持した時に力を発揮するのだ。

同じ技を同じタイミングでかけてくる相手に返し技をかけるのは、難しいことではない。なぜなら、すべての動きは予想がつき、予想される動きに対してはバランスを崩すことなく対応できるから。

健太は相手の右足が飛んだ時、すっと体を寄せて相手の左足を払った。あっけないほど簡単に技が決まり、相手は背中から倒れた。

「ずるいよ、健太」

ふてくされた顔で抗議する。

健太は肩をすくめて手を差し出した。

練習相手はぷいと横を向き、健太の手を取ろうとしない。一度くらい技にかかってやればよかったかな、と健太は反省する。

「健太」

呼ばれて振り向くと、頑固親父が立っていた。額がてかてかと光っている。腕組みをして、決して機嫌が良さそうではなかった。

練習相手は頑固親父の顔を見ると、あわてて立ち上がり、そそくさと道場の隅に逃げ出した。

「何ですか？」

健太は柔道着の前を直して、頑固親父に正対した。練習の相手になってくれるのなら、これほど好都合なことはない。

「実はちょっと話がある」

「はあ」

「稽古が終わったら、待っていてくれないか？」

「わかりました」

頑固親父は何か言いたそうに口を動かしかけたけれど、うなずいただけで、健太に背中を向けた。ごつごつとした岩を思わせる大きな背中だった。

今日はこれまで、と頑固親父が言ったのは、午後八時を少しすぎた頃だった。大半の少年少女はもう帰宅していた。残っているのは、社会人の柔道好きばかりだった。

結局、友里は現れなかった。残念だな、と思いながら、健太は頑固親父に近づいた。

「話って何ですか?」

ああ、とうなずいて、頑固親父は健太の肩に手をかけて体育館の隅までつれていくと、帰り支度を始めた練習生たちの方をちらりと見てから、小声で話し始めた。

「実は、友里のことなんだが」頑固親父は話しにくそうに唇をなめた。「柔道をやめたい、と言っているんだ。あいつには才能があるから、やめて欲しくない。で、お前に頼みがある」

「ぼくが説得するんですか?」

「説得はわたしがした」と頑固親父は不機嫌に言った。「お前にしてもらいたいのは、友里との試合だ。あいつと同年代で、あいつよりも強い奴がいることを知ってもらいたいんだ。そうすれば、負けず嫌いだから、これからも柔道を続けると思う」

「何か単純ですね」

健太は言った。

「シンプル・イズ・ベストだ」頑固親父は柄にもなく横文字を使った。「友里は柔道が嫌いになったのではなくて、柔道に飽きたらしい。随分、なめた態度だ。柔道の道を極めるのがどんなことなのか、まったくわかっていない。柔道の奥の深さも知らないで、飽きるとは何事だ」

「ぼくに怒ってどうするんですか」

「ああ、すまん、つい興奮した。友里は小さな頃からみっちりとわたしが仕込んだんだ。今になってやめるなんて許せない、と思わないか？　友里には新しい刺激が必要なんだ。そうすれば、あいつはまた柔道に情熱を燃やすはずだ。柔道好きの血は友里にも流れているから」

「はあ？」

健太は間の抜けた声を出した。

片づけを終え、帰り支度を整えた練習生たちが頑固親父にお辞儀をして、次々に帰っていく。頑固親父は一々、挨拶を返している。

「お前、知らないのか？」

ようやく振り返って、頑固親父は言った。

「何をですか？」

「友里はわたしの娘だ」

孫の間違いではないか？　と思ったけれど、口には出さなかった。健太は頑固親父の顔をじっくりと見て、それから記憶にある友里の顔を思い浮かべた。類似点はまったくなかった。外見的な遺伝はすべて彼女の母親から受け継いだものなのだろう。

「名字が一緒だろう？　すぐに気がつくはずだぞ」

「名字が一緒なのが親子の証明だったら、ぼくは首相の息子ということになりますけど」

「屁理屈《へりくつ》を言うな」

ぴしゃりと頑固親父は言った。そして、少し口調を柔らかくして続けた。

「で、どうだ？　友里と試合をしてくれるか？」

「やりましょう」と健太は言った。「のぞむところです」

そうか、と頑固親父は初めて笑顔を見せた。よしよし、とうなずいている。

「彼女はOKしたんですか？」

「した。渋々だったけれど」

「それで」と健太は用心深く訊いた。「ぼくは勝った方がいいのですか？」

「そりゃそうさ」

頑固親父は疑わしげに健太の顔をうかがった。「どうして、そんなことを訊く？」

「先生は彼女に柔道をやめて欲しくない。それが最優先事項だとしたら、彼女が負けなくて、大きな男を投げ飛ばす喜びに目覚めてもいいわけでしょう？」

「まあ、そうだな」

頑固親父の声に力はなかった。居心地が悪そうに視線を卓球台の方に向け、まばたきを繰り返した。

「要するに、先生は保険をかけたわけですね？　勝負の結果がどうなってもいいように」

頑固親父は何も言わなかった。

「でも、先生の保険が有効かどうかはわかりませんよ」

「有効だと思いたいね」

「ぼくは全力を尽くします。勝てるかどうかはわからない。先生はどう思いますか？」

「そうだな」頑固親父は考え込んだ。「相手が女だと思わなければ、お前にも勝つチャンスはあるだろう」

ということは、ぼくは負ける可能性の方が大きい、と頑固親父は読んでいるわけだ。戦力分析としては正しいだろう。

「試合はいつです？」

「健太さえよければ」と頑固親父は言った。「明後日《あさって》の金曜日に」

「明後日の金曜日ですね」と健太は復唱した。「ぼくのスケジュールは空いています」

健太は一礼して、頑固親父に背を向けた。ぼくの背中はごつごつとした岩のように見えるだろうか？　とふと思った。

金曜日の夕方まで落ち着かなかった。

緊張もしていたし、心が浮き立つような思いもした。注意力は散漫になり、母親や妹にからかわれ、英語教師にはひどい厭味を言われた。

とにかく大事な試合なのだ、と健太は思う。多少のことは犠牲にしなければならない。

木曜日と金曜日は、炭水化物を主体にした食事を摂《と》り、試合に備えた。テニス選手だったら、パスタを食べるところだけれど、健太は柔道のイメージを大切にして、おにぎりと雑炊とチャーハンを食べた。

食事の効果がどれだけ期待できるかは、わからなかったけれど、精神的には安心できた。それだけでも効果があったと言うべきか。

授業中にもイメージトレーニングを繰り返し、友里のスピードに対処する自分の姿を映像として脳裏に刻み込んだ。

時々、イメージのなかで友里が微笑《ほほえ》みかけてきて、思わず頬が緩んでしまうこともあったけれど、そんな時には頑固親父の顔を思い浮かべて気を引き締めた。友里は頑固親父の娘なのだ、と言い聞かせても、邪念が消えるわけではなかったけれど、イメージのなかの友里は微笑をやめ、試合の相手にふさわしい真剣な表情に変わった。

絶対に勝てる、という自信はなかったけれど、勝てるチャンスはある、という頑固親父の言葉は励みになっていた。チャンスを活かせばいいのだ、と健太は繰り返し思った。チャンスを活かすことができれば、勝てる。もし、活かせなければ、いやいや、否定的なイメージを持つのはやめよう。

気力も体力も充実して、健太は体育館に乗り込んだ。試合は練習が終わってから、と頑固親父には言われていた。練習で体力を消費しないように、健太はいつもよりも遅い時間に体育館に入った。

体育館にはレオタード姿の少女たちが三十人ほど集まっていた。音楽に合わせて、集団で踊っている。踊っているとしか健太には思えない。体操をしているとは思えない。

柔道場もにぎわっていた。体育館を新体操と共有する時には、人の数が増えるのだ。柔道の練習よりも新体操の見学を目的にやって来る者たちを頑固親父は苦々しく見守っている。

友里の姿を捜したけれど、彼女はまだ来ていないようだった。

「健太」小学校時代からの友だちが手招きする。「あれ、見てみろよ」

あごで新体操のメンバーたちを指す。

尖《とが》ったあごの先に目をやると、薄いピンクのレオタードを着た友里がいた。ほっそりとした体がぼんやりとした光に包まれているように見えた。

壁際に立っている女の子たちは、今日、初めて新体操のメンバーに加わったらしい。友里の隣には、妹がいた。妹は健太に気づいて、大きく手を振った。

「今度さ」と友だちが言った。「健太の妹、紹介してくれない？」

「お前、あんなのが好みなの？」

「まあね」と友だちはうなずいた。「健太よりもかわいいよ」

友里と視線が合った。微笑する。胸の奥が熱くなる。健太はつばを飲み込み、視線をそらす。体全体が熱くなり、力を奪われていく感じがする。そっと友里に視線を向けると、彼女は妹と何か話をしていた。栗色の髪、長い手足、少しふくらんだ胸、友里はとても綺麗《きれい》だ。彼女が音楽に合わせて、動くところを見たい。しなやかに体を動かし、帯のように滑らかに舞う姿をすぐそばで見ていたい。

健太はため息をついて、首を振り、ストレッチを始める。体力も気力も一瞬のうちに消えてなくなったようだ。このまま、畳の上に座り込んで、友里の姿を眺めていた方がずっといい。

「健太」頭上で頑固親父の声が響く。「試合は八時すぎからだ。ふたりで友里を新体操から取り戻そうじゃないか。柔道の喜びにもう一度目覚めさせようじゃないか」

頑固親父の声はどこか遠くで響いているようだ。

オン・ザ・グリーン

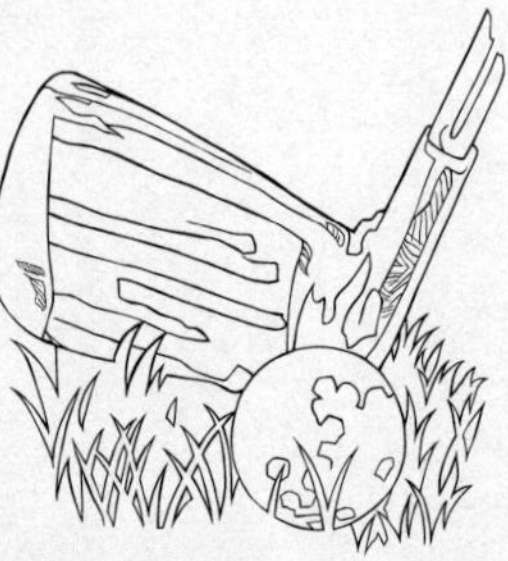

1

朝靄《あさもや》のなかを歩く。東の空がぼんやりと朱色に染まっている。草の匂いが鼻をつく。

風太《ふうた》は土手の上に立って、川を見下ろし、深呼吸をひとつした。

朝の冷たい空気を吸い込むと、体から汚れた薄い膜が一枚、はがれ落ちていくようだ。

風太は右手に持っていたゴルフクラブを握り直し、あたりをうかがった。夜は明けたばかり、ジョギングや散歩を楽しむ人の姿もない。

風が吹き抜ける。緑の草がさっと音をたてた。風太は土手の斜面を駆け下り、草むらを横切って、八十センチほどの幅のある堀を飛び越える。

とん、と着地をすると、そこは「市営ゴルフリンクス」の5番ホールのグリーン脇だった。芝はところどころはげて茶色の土が顔を出している。6番ホールに向かう通り道になっているから、どうしても芝が枯れてしまうのだ。

こんもりと盛り上がった楕円形《だえんけい》のグリーンの向こう、十メートルほどのところが川岸になっている。

川面《かわも》はまだ鉛色をしている。

朝の光が差せば、川面は銀色に輝く。水銀のような川の流れに白いボールを打ち込み、くやしがってクラブを放り投げるプレーヤーの姿を風太は土手の上から数えきれないくらい見た。

風太は5番ホールのティグラウンドの方に目を向けた。ほぼまっすぐなホールだ。距離は約三百十ヤード。芝は黒っぽく見える。

コース管理のおじさんの姿はない。

時々、彼らは早起きをしてコースに駆けつけ、風太のように土手からコースに侵入する無断使用者を取り締まる。

けれど、今朝は定刻通りの出勤のようだ。

熱心なゴルファーたちが1番ホールのすぐそばの管理事務所の前に集まり始めるのは、早くても朝の六時すぎだ。コース管理のおじさんたちの出勤は、熱心なゴルファーよりも遅い。

風太は腕時計をのぞいた。午前四時三十分になろうとしているところだった。無断侵入を見とがめられるまでに充分な時間がある。

ゴルフクラブをそっと芝の上に置いて、風太は軽く柔軟体操をした。いきなりクラブを振ると、関節や筋を痛めてしまうと雑誌で読んだことがある。

風太は小学六年生で、体はとても柔らかかったけれど、用心するに越したことはない。リトルリーグで投手をしていた友だちは肘を痛めて、半年も治療に通っていたのだから。

体が温まると、風太は短パンのうしろポケットからゴルフボールを三つ取り出した。先週の火曜日、ゴルフリンクスの休業日の夕方、コースを回ってコンビニエンスストアの袋に詰め切れないほどのボールを拾い集めた。

持ってきたボールは、そのなかで中ランクのものだった。風太はボールを上中下の三段階にランク分けしていた。上は新品同様のもの、中は少し汚れていたり傷がついているもの、下は深い傷があったり、いびつになったりしていて、ほとんどボールの機能を失ったもの。

上ランクはめったに使わない。一番よく使うのは中ランク、下ランクは川に向かって打つ。

風太はゴルフクラブを取り上げグリップをタオルでこすってから、教則本に書いてある通りに握った。そして、ゆっくりとテイクバックして、一呼吸置き、ゆっくりと振り抜く。

ゴルフクラブは重く、気を抜くと、すぐにバランスを崩してしまいそうだ。風太はゆったりとしたテンポで素振りを十回繰り返し、それから、もう少し早いテンポで素振りを始めた。

三十回素振りをしてから、風太は額の汗をタオルで拭うと、やや短めにクラブを持って、ボールの前に立ち、スタンスをきちんと取った。グリーンに向かって、ボールを転がす練習をする。

ボールは三つしかないから、グリーンに拾いに行く回数が多くなる。十個くらいのボールを用意しておけばいいのだけれど、コース管理のおじさんに見つかった時には、ボールを拾って逃げる暇なんてない。練習に支障をきたさなくて、放り出して逃げてもあきらめがつくボールの数が三つなのだ。

グリーンに向かってボールを転がす練習に飽きると(何回打ったのか、数えていない)、風太は6番ホールのティグラウンドに向かった。

6番ホール、125Y《ヤード》 Par3。

ティグラウンドに立つと、正面に横長のポテトチップのようなグリーンが見える。幅は約二十メートル、奥行きは約十メートル、右から左へ傾斜がある。グリーンの手前には、左右に大きなバンカーがあり、花道は狭く、グリーンの奥は下り傾斜で、すぐそばに川がある。

難度の高いホールだ。けれど、とても美しい。風太はティグラウンドの人工芝の上にボールを置いた。ティグラウンドにはほとんど芝がない。だから、ティショットを打ち易《やす》くするために、どのホールもティグラウンドには畳一畳くらいの人工芝が貼ってある。

風太はボールのまうしろに立って、グリーンの中央に狙いを定めた。ピンはまだ立っていない。昨日使われたホールがグリーンのどこかにあるのだろうけれど、風太の位置からは見えなかった。

急に強い風が吹き抜けた。朝の光がまっすぐに差し込んでくる。グリーンのやや右から太陽は昇ってくる。芝の緑が鮮やかに輝き、一瞬のうちにゴルフコースは生気に満ち溢《あふ》れる。鳥の鳴き声が響き、草のざわめきさえ華やいで聞こえる。

この瞬間が風太は好きだった。

新しい一日が始まり、新しい力が体のなかに吹き込まれる。

風太は深呼吸をして、手をタオルで拭ってから、グリップを握り直し、改めて狙いを定めて、スタンスを決めた。

ゆっくりと素振りを一回。

頭のなかにはグリーンの中央に向かって、穏やかな弧を描いて飛んでいく白いボールのイメージができ上がっている。

グリーンに落下したボールは一度バウンドし、少し転がって止まる。

風太はおもむろにテイクバックをして、クラブを振った。鉄の棒で石を軽くたたいたようなやや硬い感触が手に残る。

トップだ、と風太は思う。

ボールは低く、勢いよく飛び出し、グリーンの手前三十メートルほどのところに落下して、そのままころころと転がり、手前のバンカーに入った。

舌打ちしながら、クラブフェースを見ると、下の方にボールが当たった跡が残っている。

風太はフェースをタオルで拭き、二つ目のボールを人工芝の上に置いて、構え直した。バーディ、イーグル、アルバトロス、と口のなかでつぶやく。ナイスショットをよぶ呪文のようなものだ。

素振りを一回。

イメージが消えないうちにテイクバックを始める。切り返して、振り抜く。

今度はいい感触だった。

ボールがクラブフェースに当たり、潰れ、そして、離れていくのが、まるでスローモーションのフィルムを見るようにイメージできる。

ボールは薄い雲に吸い込まれていくように上がり、ゆっくりと落ちていく。朝の光に照らされたグリーンに白いボールが弾む。ボールは光を反射して、白銀のように輝いた。

三球目をグリーンに乗せてから、風太はゴルフクラブを握って、駆け足でバンカーに向かった。バンカーショット、それから、もう一度ティグラウンドに引き返して、グリーンを狙う。時間が来るまで、それを続けるのが、彼の日課であり、楽しみだった。

風太がこの町に引っ越して来て、一年と少したっていた。それまでは、母親の実家がある海のそばの小さな町で暮らしていた。その頃は、友だちも多かったし、遊び場所にも不自由しなかった。

けれど、この町に引っ越して来てからは、学校にも馴染《なじ》めず、友だちもできなかった。母親はサッカーか野球のチームに入れと勧めたけれど、風太は乗り気になれなかった。この町の子供たちは、気取っていて、冷酷で、彼らのなかにいると、風太は自分がひどく粗野に思え、惨めな気持ちになるのだった。

風太がこの町に来たのは、母親が再婚したからだった。新しい父親は風太には随分年寄りに思えた。髪の毛は灰色に見えるほど白髪が多かったし、痩せていて、顔色が悪く、いつもやや背を丸めていた。

最初に会った時からとっつきにくく、何か言うと、すぐに怒られそうな気がして、まともに話をしたこともなかった。

大学の先生だ、と言われて、小学校で一番恐ろしい先生の親玉のようなイメージを持ったのが、悪かったのかもしれない。

新しい父親には高校生の娘がいた。

お姉さんと呼びなさい、と母親に言われていたけれど、シャンプーのコマーシャルに出てくるような髪の長い、綺麗《きれい》な女の人をお姉さんと呼ぶのは、気恥ずかしく、どうしても必要がある時には、鏡花《きょうか》さん、と呼んでいた。

鏡花さんはとても親切な人で、風太を決していじめたりはしなかった。時々、ケーキを買ってきてくれたり、本をプレゼントしてくれたりもした。

鏡花さん親子は本が好きで、家のなかは図書館みたいだった。

鏡花、というのは、有名な作家の名前と同じなの、と鏡花さんは言っていた。でも、作家は男なのよね。泉《いずみ》鏡花は嫌いじゃないけど、どうせなら、お雪さんとかの方が良かったわ。

風太は、泉鏡花も知らないし、お雪さんがどんな人かもわからなかったけれど、きっと悪い人ではないんだろうな、と思った。

新しい家での生活は、別に苦痛ではなかった。引っ越して来たばかりの頃は、海の近くの町に戻りたい、と泣いたこともあったけれど、今では時々、友だちやおばあちゃんを思い出すだけだ。今度の夏休みには、おばあちゃんのところに連れていってあげる、と母親は約束してくれていた。夏休みになれば、おばあちゃんや友だちに会えるのだ、と思うだけで、風太は幸福な気分になった。

風太には父親の記憶がなかった。

物心がつく前に、両親は離婚していた。その後、父親がどうなったのか、詳しいことは聞かされていない。死んでしもうたんよ、とおばあちゃんは言っていた。けれど、どんなふうに死んだのか、お墓はどこにあるのか、訊《き》いても答えてはくれなかった。

おばあちゃんの家の物置で、父親が残したゴルフクラブのセットを見つけたのは、引っ越しの準備をしている最中のことだった。

そんなものが、物置のなかに置き去りにされていたのを母親もおばあちゃんも知らなかったようだ。

風太がバッグのなかからクラブを引き抜いて、庭を駆け回ると、母親とおばあちゃんは荷造りの手を止めて、驚いたように顔を見合わせていた。

「風太」と鋭い声で母親は言った。「そんなものは、捨てなさい」

「嫌だ」と風太は言った。「これは、ぼくが見つけたから、ぼくのものだ」

「お母さんの言うことが聞けないの？」

母親は恐ろしい顔をしてにらんだ。

風太は一瞬、ひるんだけれど、どうしてもクラブを手放す気になれず、両手で抱き締めるように胸に抱えた。

「まあまあ、そんなに大きな声を出さなくてもええじゃない」とおばあちゃんは母親にとりなすように言って、風太の方に優しげな視線を向けた。「あの子も父親のものが欲しいんじゃないのかね」

お母さん！　と母親がたしなめるように言った。おばあちゃんは、しまったという表情を浮かべ、あわてて口を手で押さえて、くるりと背を見せると、そのまま家のなかに入っていった。

母親は大きなため息をつき、しばらく風太を見つめていた。ぎゅっと口を閉じ、目から涙が溢れそうになっている。怒っているのか、悲しんでいるのか、判断がつかない表情だった。

これは悪いことをした、すぐに謝ろう、と風太は思った。ごめんなさい、と言いかけると、母親は怒ったように大股に歩いて物置に入り、ゴルフバッグを抱えて出てくると、風太の前にどすんと置いた。

「大切にしなさいよ」

一言だけ言うと、風太に背を向け、黙りこくって荷物の整理を続けた。

ゴルフセットを風太は自分の手で梱包《こんぽう》した。ゴミ袋用の黒いビニール袋を何枚か使って、バッグを覆い、テープでとめる。ただそれだけの作業だったけれど、風太はゴルフセットを自分のものにした、と満足感とともに思った。

その時に、バーディ、イーグル、アルバトロス、という呪文を書きつけた紙切れをゴルフバッグの中のポケットの奥から見つけた。風太は呪文を一度となえてから、紙切れを元の場所にそっと戻した。自分だけの秘密にしておくつもりだった。

母親はゴルフセットについても父親についても何も話さなかった。風太も訊こうとはしなかった。父親が残したゴルフセットがあれば、それで充分だと思った。

この町に来てから、風太はゴルフというスポーツがどのようにプレーされるものか、初めて知った。

土手をぶらぶらと散歩している時に河川敷にある市営のゴルフコースでプレーする人を遠目に見たのだ。

その姿は、テレビのスポーツニュースでちらりと見たゴルフとは、随分違うものだった。

カートを引っ張ってコースを歩いていた中年のおじさんたちが奇妙な格好でクラブを振り、とんでもない方向にボールを飛ばしては、くやしがったり、悲鳴を上げたりする。それがとても楽しそうなのだ。

土手の斜面に腰を下ろして、夕暮れまでの三時間ほどの間、風太はずっとプレーする人たちを見守っていた。

風が冷たくなり、尻に痛みを感じながら立ち上がった時、風太はゴルフの練習をすることを決意した。あれだったらぼくにもできる、と思っていた。

翌日、図書館に行って、ゴルフの教則本を借り出し（ベン・ホーガンが書いた本だった）、必要な箇所をコピーして、まずクラブの持ち方を覚えた。

クラブを振るには、自分の部屋では狭かったし、庭にもスペースがなかったから、川原まで行って人の来ない場所を探した。

夕暮れから夜にかけて、ゴルフの素振りをする人たちを何人か川原で見つけることができる。そんなおじさんたちのなかで一番上手そうな人のスイングを参考にした。ゴルフのテレビ中継も時々、見たけれど、新しい父親も鏡花さんもテレビは嫌いだったから、ごく短い時間しかテレビの前にいることはできなかった。

母親は風太のゴルフをあまり歓迎していなかった。川原で素振りをして遅く帰ると、必ず小言を言った。

それで、風太は夕暮れの練習をやめて、早朝の練習に切り替えた。早起きをするのはつらいけれど、いいこともあった。早朝の河川敷のゴルフコースに無断で侵入する方法があることを知ったのだ。

最初は遠慮もあったけれど、そのうちにずうずうしくなって、コース管理のおじさんに追いかけ回されたことも一度や二度ではない。母親にバレたら、絶対にゴルフをやめさせられるに決まっているから、見つかった時には必死になって逃げた。

本当はお金を払ってコースを回ったり、練習場に行けばいいのだろうけれど、そんなお金は風太には、もちろん、なかった。

一度だけ小遣いをためて、練習場に行ったけれど、受付で追い返された。保護者同伴でなければ、入場できないらしい。

練習場の建物は高級なホテルみたいで、待合室のソファに座っているのは、派手な服装をした大人ばかりだった。

風太と同じくらいの年頃の少年がふたりいたけれど、彼らは父親同伴で、しかも大型のメルセデスに乗って練習に来ていた。

帰りがけに料金表を見て、入場できなくて幸運だった、と胸を撫《な》で下ろした。練習場の料金は、小学生の小遣いで賄いきれるような金額ではなかった。

以来、練習場にも行かず、素振りと早朝のコースの無断侵入で風太はゴルフの腕を磨いた。

なかなかのものではないか、と最近、彼は思っている。

2

「坊主、うまいな」

ぎくりとして、振り返った。

声の主はティグラウンドの斜めうしろにいた。灰色の作業着を着て、ぺしゃんこの帽子をあみだに被《かぶ》り、煙草《たばこ》をくわえている。足下に目をやると、先が土で汚れた黒いゴム長靴だった。

アウトだ、と風太は思った。もう逃げられない。

男はずかずかと近づいてくる。日焼けした顔、濃いしわ、がっしりとした体つき、四十代半ばのいかにも力の強そうな男だ。

煙草の臭いが漂い、男の太い腕が風太の前に突き出される。硬そうな筋肉に細い蛇のような血管が巻きついている。

「ちょいと貸してみな」

男は風太からクラブを取り上げる。

グリップを握り、シャフトのしなりをたしかめるように上下に動かす。光を反射して、シャフトが輝く。

「古いクラブだな」

つぶやいて、男はアドレスに入る。

風太はあわててティグラウンドから下りた。逃げるのだったら、今だ。そう思った瞬間に男が振り向いた。

「何ヤードだ？」

「125ヤード、です」

「7番じゃ、大きすぎるな」

男はクラブを短く握り、ボールをスタンスの中央寄りに置いて、パンチショットをした。綺麗なスイングだ。

ボールは低く鋭く飛び出し、グリーンの奥に着地すると、ツーバウンド目でスピンがかかり、魔法のように少し戻って止まった。

鮮やかなショットだった。

風太は思わず拍手をして、ナイスショットと声をかけた。

「まぐれだよ」

にやりと笑って、男はクラブを風太に手渡す。クラブを受け取った風太は、これから管理事務所につれていかれ、こっぴどくしかられた上に母親に連絡されるのだ、と思うと、泣きたいほど憂鬱になった。これで、ぼくはもうゴルフはできないのだ。

「打ってみな」

男が言った。

「でも……」

「いいから打て」男はちらりと腕時計を見た。「早くしないと人が来る」

風太はティグラウンドに上がり、ボールを置いて、方向を確かめ、軽く素振りをした。

こんなに気が焦っているのに、いつも通りの手順でアドレスに入れるのが、自分でも不思議だった。

一呼吸置いて、クラブを振った。けれど、ボールは右に飛び出し、川の方に消えていった。

「ちょっと焦ったな」

「ええ」

うなだれて、風太はティグラウンドを下りた。男の前でいいスイングができなかったのがくやしかった。

「よくあることだ」

男はぽんと風太の肩をたたき、煙草を投げ捨てて、長靴で踏んづける。そのまま土手の斜面の方に向かって歩き出した。風太はうつむいたまま男のあとに続く。

男は堀を飛び越えると、草むらを横切り、斜面の中腹にどっかりと腰を下ろした。朝日がまともに当たっている場所だ。男はまばたきをして、新しい煙草をくわえた。

「いつもやってるのか?」

「ええ、まあ」

風太は男の横に腰を下ろす。逃げ出す気力はなかった。どうしてミスショットをしてしまったのか、そればかり考えていた。

「駄目だな」

「すいません。いけないとはわかっているんですけど、つい……」

「そうじゃない。俺が言っているのは、ミスショットをしたあとで気分を切り替えないことだ」

「気分？」

「ミスショットはミスショット。後悔しても始まらない。打ち直しは許されていないんだから。次のショットに集中する努力をした方がいい」

「はあ」

「納得してないようだな」男は微笑した。「まだコースを回ったことがないんだろう」

「はい」

「コースを回るようになったら、わかる」

煙草の煙を吹き出すと、男は目を細めて川の方を見やった。その横顔を見て、風太はかすかな胸騒ぎを覚えた。父親がいたら、こんなふうに話してくれるんじゃないだろうか？　風太は頭を振って視線を川面に向けた。ゆったりとした水の流れの上を小さな鳥が滑るように飛んでいた。

「おじさんは、誰なんですか？」

「俺か？　ああ、ここの整備をするんだ。芝を貼ったり、直したりだ。今度、大会があるらしいな。グリーンはかなり傷んでるから、大変だろうな」

「ずっと整備をしているんですか？」

「ずっとって？」

いぶかしげに訊き返した。

「いえ、いいんです」

風太は首を振った。

しばらくの間、男は黙って煙草を吹かしていた。灰色の煙が舞い、風太は顔にかかる煙を手で払う。

「大会が終わるまではコースに潜り込むのはよした方がいい。見まわりもするし、捕まったら、ごめんなさい、じゃ済まないから」

「はい」

小さな声で風太は答えた。許してもらえるんだ、と思っても、気持ちは軽くならなかった。

「坊主も大会に出るのか？」

煙草を投げ捨てて、男は言った。にこにこと笑っている。白目の部分が少し充血しているけれど、まなざしは優しかった。

「いいえ。ぼくなんか」

「出ればいい」と男は言って風太の背中を軽くたたいた。「ニアピンコンテストだったら、大丈夫だろう」

ぽんと景気をつけるように男はまた風太の背中をたたいた。男にたたかれるたびに、気持ちが軽くなり、力が甦《よみがえ》る気がした。

スタートホールの方向から、軽トラックが砂ぼこりを巻き上げながら、走ってくるのが見えた。

よいしょ、と声を出して、男は立ち上がった。

「じゃあな、坊主、早く家に帰れ」

男は斜面を駆け下りる。作業ズボンのうしろポケットに突っ込んだ白いタオルが、尻尾のように揺れている。

草むらに足を踏み入れて、男は立ち止まり、振り返った。

「坊主」と男は大きな声で言った。「思いきりよく振り抜け。それだけ考えていれば、ボールは曲がらない」

右手を上げ、にっこりと笑うと、男は大股に草むらを横切り始めた。

「ありがとう、おじさん」

風太が立ち上がって声をかけると、振り向かないで、また右手を上げた。男はゴルフコースに入り、ポケットに突っ込んでいたタオルを首に巻き、少し早足になって近づいてくる軽トラックに向かって歩き出した。

風太はゴルフクラブを背中に回し、そろりそろりと後ろ向きに三歩歩き、くるりと向きを変えると、全速力で走り出した。誰かが追いかけてくるとは思わなかったけれど、走り出さずにはいられなかった。

学校帰りに「市営ゴルフリンクス」の管理事務所を風太は訪れた。一日をゴルフ場ですごしたゴルファーたちが手引きカートを引いて戻ってきている。日焼けをして、疲れも感じられるけれど、どの顔も幸福そうだ。

管理事務所のなかに入るのは初めてだった。プレハブの建物のドアを開けると、少し蒸し暑さを感じる。正面に受付があり、左の壁にポスターが貼ってあった。

『ジュニアゴルフ大会』

ポスターの前に立って、風太は開催主旨（ジュニアゴルファー育成のため、云々《うんぬん》）を読み飛ばし、参加申し込みの項目に目を走らせる。

ストロークプレー部門。参加費も高く、ある程度の経験者が対象にされている。ゴルフコースを月に何度か回ることが許されている恵まれた子供たち向けだ。自分には関係のない世界だ、と風太はため息をつく。

ニアピンコンテスト。これだこれだ、と風太はうなずく。

ポスターの説明によれば、ニアピンコンテストは、ストロークプレーが終了したあとで、6番ホールを使って行われる。参加費は五百円（収益はすべてチャリティ基金に寄付される、と但し書きがついている)。優勝者には、メダルと副賞として五千円分の図書カードが贈られる。参加資格は高校生以下の男女。

風太は参加規定を二度読み直し、ズボンのポケットから五百円玉を一枚取り出すと、受付の前に立った。

紺色の上着を着たおばさんがじろりと見る。意地が悪そうだな、と思ったけれども、風太はにっこりと笑って、ニアピンコンテストの申し込みをしたいんですけど、と切り出した。

「ニアピンコンテスト？　ちょっと待ってね」

おばさんはかたわらのファイルを取り出し、ワープロで作られた書類の束をぱらぱらとめくる。最後の一枚をめくり終わると、おばさんはちょっと首を傾《かし》げて、ファイルをぱたんと閉じ、うしろを振り返って、ニアピンコンテストの申し込み用紙って、どこでしたっけ、と奥の椅子に座っている、でっぷりと太ったおじさんに声をかけた。

「ああ、あれは締め切った。三十人になったから」

ゴルフ雑誌に目を向けたまま、面倒臭そうにおじさんは答えた。

「あら、そうなの」おばさんは風太の方に顔を向ける。「締め切ったんだって、三十人になったから」

そうですか、と風太が言う間もなく、おばさんはガラスの仕切りをぴしゃりと閉めて、太ったおじさんと話し始めた。

「そんなに申し込みがあったっけ？　ニアピン」

「ストロークプレーに出る子たちがみんなニアピンに参加するからさ。ニアピンだけってのは無理なんだよ。どれくらい時間がかかるかわからないし、日没までには片づけなきゃなんないしさ」

おじさんの声が聞こえる。

帰りかけていた風太は足を止めた。パチンと頭のなかで白い光が弾けた。光は怒りの衝動となって体に広がっていく。風太はゆっくりと深呼吸を三度繰り返した。バーディ、イーグル、アルバトロス、と呪文のようにつぶやいた。大丈夫だ、と風太は思う。頭はまともに動いている。

ポスターの参加規定をもう一度読み直す。三十人限定の但し書きはどこにもなかった。

風太は受付のガラスの仕切りをこつこつとたたいた。

笑っていたおばさんが、口を開けたまま振り返った。笑いを消し、ガラスの仕切りを開ける。

「何なの？」

「ポスターには先着三十人とは書いてありません」言葉をひとつひとつかみしめるように言った。「参加を認めてください」

「そんなこと言ったって、無理なものは無理なんだから。あら、どうしたの、真っ赤な顔をして」

ぎゅっとこぶしを握り締める。そうしなければ、怒りに任せて手当たり次第にものを投げ、仕切りのガラスを叩《たた》き壊してしまいそうだった。

前に一度、怒りで我を忘れたことが風太にはあった。まだ小学校低学年の頃、クラスメートに父親がいないことでひどい悪口を言われたのだ。その時は、先生が駆けつけるまでに机や椅子を投げ飛ばして、窓ガラスを何枚も割っていた。よく人に手を出さなかった、と先生は叱る前に感心したように言った。

「受付をしてください」

カウンターに五百円玉をたたきつける。心臓がどきどきして、頬がほてり、腋《わき》の下を冷たい汗が流れた。

「そんなことを言ったって、無理なものは無理なんだから」

おばさんが助けを求めるようにおじさんを振り返る。駄目だ、駄目だ、とおじさんは椅子に座ったまま、首を振った。

「ポスターに書いてなくても、そう決まっているんだから。大体、ニアピンコンテストだけに出たいなんて子はいないんだよ。君、本当にゴルフができるの？」

「できます」

へぇー、とおじさんは口を曲げて声を漏らすと、小馬鹿にしたような顔で風太をじろじろと見た。

もう充分だ、と風太は思った。こんなところには、来るべきではなかったのだ。そう思うと、怒りは消えた。体から力が抜けてしまって、その場にしゃがみ込みそうになる。風太は出口に向かって歩き出そうとした。どこか静かな場所にいきたい、とそればかり思っていた。

「坊主、逃げるな」

声のする方に目を向けると、早朝出会った作業服の男が腕組みをしてドアの脇に立っていた。管理事務所の外から仕事を終えた作業員たちの話し声が聞こえている。男はいつからここにいたのだろう、と風太は不思議に思う。ドアの開いた気配はしなかったのに。

煙草の煙を薄汚れた天井に向かって吐き出すと、男は風太に近づいて来て、両手を肩に置き、人形でも扱うようにくるりと受付の方を向かせた。

「いいか」と男は風太の耳もとでささやいた。「坊主の言うことは間違っていない。間違っているのは事務所の大人たちだ。このまま帰ったら、間違いを受け入れることになるぞ。それでもいいのか？」

風太は弱々しく首を振った。

「あきらめるな、坊主」

男の声が聞こえて、背中をどんと押された。風太は二、三歩たたらを踏んで、受付の前に立った。

またか、というような顔をして、おじさんとおばさんはうなずき合い、ガラスの仕切りを開ける前に、小声で何事か話し合った。

仕方ないよ、とか、でも、可哀想《かわいそう》じゃない、とか、あの子の言うことは屁理屈《へりくつ》には違いないけれど、とか、ひとりくらいだったら、と言葉が途切れ途切れに聞こえる。

風太はカウンターに五百円玉を置いて、ふたりの大人の姿をぼんやりと見ていた。こんなに惨めな思いをしてまでニアピンコンテストに出たい、という気持ちはなかった。ただ、背中に感じている作業服の男に逃げたと思われたくないだけで、その場に留《とど》まっていた。

からからと音をたてて、ガラスの仕切り板が開いた。おばさんが作り笑いを浮かべてノートをカウンターに置く。

「ここに、名前と住所と学校名を書いて、それから、これが受付札。三十分前までに受付札を持って、6番ホールのティグラウンドに来ること」

風太がノートに記入している間に、おじさんが事務所から出てきて、ポスターに赤いマジックで受付終了と大きな文字で書き入れ、子供を相手にすると、手間がかかるよな、と聞こえよがしにつぶやいた。

おばさんにノートを返し、受付札をポケットにしまうと、風太はほっとした気分でうしろを振り返った。作業服の男はもうそこにはいなかった。まるで最初から男などいなかったような感じだった。

7番アイアンを一本かついで、川原に出かけ、素振りを繰り返す。毎回、アドレスを取り直し、狙いを定めて、本番さながらに緊張を高めて振るから、百回も素振りをすると、へとへとに疲れる。

額に汗をかき、手に痛みを感じるまで素振りを続け、ふと気がつくと、あたりはとっぷりと日が暮れていた。

あわてて家に戻る。夕食の時間までに家に帰らなければ、母親からひどく叱られる。塾にも行かないで、夜遊びしている子供なんてあんたくらいのものよ。早くご飯を食べて勉強しなさい。母親の声が頭のなかで響く。塾にでも行った方がいいのかな、と風太は早足で夜道を歩きながら思う。有名な私立中学にでも入学すれば、母さんは喜ぶのかもしれないな。

緩い坂を上りきって、角を曲がったところで、風太は足をとめた。家の手前、五十メートルほどのところに、空家がある。門構えの立派なかなり古い家だ。風太がこの町に来る前から空家になっているらしい。庭には鬱蒼《うっそう》と樹木が茂り、なんとなく薄気味が悪くて、風太は空家の前を通る時には、必ず駆け足になって、家の方を見ないようにしていた。一度、門の陰から黒猫が飛び出してきて、悲鳴を上げたこともある。

門の前にふたつの人影があった。

街灯の光が届かない場所で、はっきりと見ることはできないけれど、背の高さが違う人影がもつれあうようにして、門のなかに入っていく。

風太はつばを飲み込むと、ゴルフクラブを両手で握り、そろりそろりと歩き始めた。空家の前を通らなければ、家には戻れない。早く戻らなければ、母親に叱られる。けれど、ふたつの人影は恐ろしい。幽霊だったら、どうしよう、と思いながら、風太は歩を進める。

門の前に来た時には、手には汗をかき（グリップはぬるぬるで、蛇をつかんでいるみたいだった）、心臓はどきどきして、闇のなかから赤い牙を剥《む》いた幽霊が飛び出して来そうな気がして、一歩ずつ足を動かすのがやっとだった。

見てはいけない見てはいけない、見れば幽霊が追いかけてくる、そう思いながらも、つい目を門の方に向けてしまった。

樹木を従者のように従えて、空家は黒マントを広げて立ちはだかる巨大な怪人みたいに見える。

ぎゅっとゴルフクラブを握り直し、走り出そうとした時、門の陰にいたふたつの人影に風太のうしろから走ってきた車のヘッドライトが当たった。

光のなかにくっきりとふたりの人の姿が浮かび上がった。抱き合っている男と女だ。

なんだ、と思った瞬間、男の肩越しに女の顔がのぞいた。

鏡花さんだった。

鏡花さんも風太に気がついたようだった。

目が合ったとたんに、風太は家に向かって走り始めた。何かとても悪いことをしたような気分だった。

闇のなかから現れた鏡花さんの白い顔が、まぶたに焼きついて離れない。風太は口を開けて、はあはあと荒い息を吐きながら、一気に家の前まで走った。

玄関の脇で呼吸を整える。全身にべっとりと汗をかいて気持ちが悪い。深呼吸を繰り返しても、動悸《どうき》はなかなか収まらなかった。

「フーくん」

振り返ると、鏡花さんが立っていた。白いブラウスに赤茶色のタイ、制服のブレザーコートを着て、通学用のカバンを右手に持っている。照れたような微笑を浮かべて、左手で栗色の髪の毛をかき上げると、静かに風太に近づいた。

「見た？」

風太はうなずく。まともに鏡花さんの顔を見られなかった。かすかに甘酸っぱい香りがする。鏡花さんは黒いエナメルの靴をはいている。爪先に玄関灯の光が丸く映っていた。

「内緒にしててくれる？」

風太はうなずく。視線を上げると、鏡花さんはにっこりと笑った。綺麗だ、と反射的に思う。頬が赤くなりそうで、風太はあわてて、視線をそらした。

「彼、先輩なの。別に怪しい関係じゃないんだから。でもね、パパやママには秘密にしておきたいの。だから、ね？」

鏡花さんの声が耳もとで響く。吐息が頬にかかるほど鏡花さんは顔を近づけている。

風太はいたたまれない思いで体を小さくする。

「約束よ」

すいっと、鼻先にほっそりとした小指が差し出された。手首にはグリーンのミサンガが巻かれている。風太がとまどっていると、鏡花さんは無理矢理風太の小指に自分の小指をからませた。

「約束よ」と鏡花さんは繰り返した。「もし約束を破ったら、夜叉《やしゃ》ケ池《がいけ》から魔物を呼び出して、フーくんの、そうだな、おちんちんを切り取ってしまうぞ」

あははは、と笑って、鏡花さんは風太と強引に指切りをすると、玄関のドアを勢いよく開けて、ただいまあ、遅くなっちゃったあ、と元気よく言った。

鏡花さんのうしろに隠れるようにして家に入りながら、風太は嬉《うれ》しいような不愉快なような複雑な気分だった。

3

前夜からの雨が明け方になっても止《や》まなかった。時折、強い風が吹き、電線がひゅーひゅーと鳴り響く。風太はベッドのなかで何度も寝返りを打ち、手を伸ばしてカーテンを少し開けて、外の様子をうかがった。まだ外は暗い。雨足は弱まったようだったけれど、すぐに止みそうにはなかった。

起きるには、早い時間だった。

風太はベッドに横たわったまま、あおむけになり、ぼんやりと天井を見つめる。アイボリーホワイトのクロスが薄闇のなかでほの明るい。

「市営ゴルフリンクス」の6番のティグラウンドに立ち、7番アイアンを握ってピンに向かってボールを打っているところをイメージする。

けれど、頭に浮かぶのは、白い靄だけだった。それは、もやもやと動きながら、少しずつ、ひとつの形を取り始める。ぼんやりとした鏡花さんのうしろ姿。鏡花さんは白い着物を着ている。ゆっくりと振り返って、微笑を浮かべると、白い着物を肩を抜くようにして脱ぎ始める。白い肩がのぞき、滑らかな背中が現れ、柔らかく盛り上がった尻の上を滑って白い着物は、はらりと足下に落ちる……。

風太は勢いをつけて、上体を起こした。心臓がどきどきしている。そのどきどきに呼応するように性器が硬くなっていく。

バーディ、イーグル、アルバトロス、と早口につぶやいて、頭を振ると、風太はベッドから下りて部屋を出た。股間がつっ張って少し歩きにくい。やや体を折り曲げるようにして、よたよたと廊下を歩き、トイレに入り、ぴんとつっ立った性器を上から押さえつけて用をたした。

トイレの窓からさっきよりも明るい光が漏れている。雨があがったな、と思ったとたんに性器から力が抜け始めた。ふう、と風太は息を吐き出し、柔らかくなった性器を下着のなかに押し込んでトイレを出た。

顔を洗い、歯を磨いて、部屋に戻り、パジャマからポロシャツと綿パンに着替えた。ゴルフをする時には襟のついた服でなければならない、とどこかで聞いたことがある。ニアピン大会出場を前にして、管理事務所のおじさんやおばさんにまたささいなことでクレームをつけられるのは、まっぴらだった。

新聞受けに朝刊が差し込まれたドアを開けて、風太は家を出た。雨はあがり、東の空が明るくなっている。空気は湿っぽく、路面は濡《ぬ》れ、ところどころに水たまりができていたけれど、空を見上げると、雲の流れが激しかった。

吹きつける風に髪の毛を煽《あお》られる。風太は玄関先で伸びをして、軽く柔軟体操をすると、河川敷を目指して歩き始めた。

休日の早朝、町の住人たちはまだ寝静まっている。人通りのない、静まり返った通りを歩いていると、世界が自分だけのために用意されているように感じられる。

風太は腕を大きく振り、早足で風を切るように歩き始めた。夜が明け、生き物が動き出す気配がする。風太はまっすぐに前を見つめて歩き続ける。やがて路地からは犬を連れた老人やスポーツウェアに身を包んだジョギングを楽しむ人々が姿を見せ始める。世界はもちろん、風太だけのために用意されているわけではない。けれど、朝の清潔な空気のなかで町の人々と世界を共有する喜びを風太は感じていた。

土手についた時には、すっかりあたりは明るくなっていた。雨に濡れた雑草を踏み締めて、青臭い匂いをかぎながら、風太は斜面を駆け下りる。

ゴルフコースはすっかり整備され、堀の周りには、金網が張りめぐらされていた。外部からの侵入者をシャットアウトするためには、金網の高さは低すぎる。けれど、金網を乗り越えるには心理的な抵抗があった。

風太は金網に手を押し当てて、６番のティグラウンドを見た。大会用の設備は何もなかった。いつも通りのティグラウンドが無愛想にあるだけだ。

しばらくティグラウンドを眺めてから、風太は土手に戻り、管理事務所の方向にゆっくりと歩き始めた。

左手にはゴルフコースが続いている。コースには人影はなく、雨水を吸って、より鮮やかになった芝生が薄い雲の間から差し込み始めた朝の光を受けて輝いている。

管理事務所の前には、運動会で使うようなテントがひとつ張られていた。たぶん、そこに机や椅子が置かれて、大会本部となるのだろう。

風太は立ち止まって、駐車場に目を向けた。整備作業用の古ぼけた軽トラックが止まっている。運転席に人がいるように見えたけれど、錯覚だった。早くも一台の白いメルセデスが駐車場に滑り込んできて、なかから中年の男と少年が出てきた。中年の男（たぶん、父親だ）がトランクからゴルフバッグを下ろす。少年はあくびをしながら、管理事務所の方に歩いていく。

管理事務所がまだ閉まっていることを確認した少年は父親に何か言い、父親はゴルフバッグをトランクに戻すと、少年の肩を抱くようにして車に乗り込んだ。

駐車場を出ていく白いメルセデスを目で追ってから、風太はくるりと踵《くびす》を返した。腹が減ったな、と思う。家に帰って朝飯を食べよう。

ゴルフコースまでの散歩のおかげで風太は平静な気分を取り戻していた。歩く度に体のなかから力が湧き上がってくるのが、とても心地よかった。

午後一時すぎ、強い風は相変わらずだったけれど、空は晴れあがっていた。夏のような強い日差しが降り注ぐなか、大勢の見物客が6番ホールを取り巻いていた。ストロークプレーは予想外に早く終了したようだった。管理事務所前のテントでは、スコアカードを提出したり、仲間同士で談笑する参加者たちでごった返していた。

風太は7番アイアンを一本だけ持って、ゴルフコースにやって来た。風を考えて、三本くらい用意しようかと思ったけれど、あれこれ迷うあまりに不本意なショットをしてしまうのが嫌で、一番練習量が多い7番アイアンを選んだ。風向きがどうであれ、ナイスショットをすればそれでいいのだ、と思っていた。

6番ホールに近づくと、管理事務所で受付をしていたおばさんが折畳式の机の前に座っているのが見えた。

参加者の姿は数えるほどしかない。同年代の小学生が五人、お揃《そろ》いの白いポロシャツと黒いズボンを身につけた中学生が三人いるだけだ。

受付の机には、飛び入り歓迎、と手書きした貼り紙が張られている。風太は綿パンのうしろポケットから受付札を取り出すと、おばさんに差し出した。

おばさんは風太の顔を見ると、愛想笑いを浮かべた。

「ストロークプレーの参加者がニアピンに出ないで帰ってしまったから」と訊きもしないのに言い訳をする。「成績が良くなかった子たちなんだけれどね。申し込みをしておいてキャンセルするから、こっちも困ってしまってね」

風太は黙ってうなずく。管理事務所のおばさんを恨む気持ちはなかった。キャンセルして帰ってしまった子供たちのことも別に気にかからない。6番ホールのピンに向かってショットできれば、それでいいのだ、と素直に思えた。

「二時からですね」と風太は確認した。

「ええ、そう」とおばさんは答えた。「君は十番目ね。今のところ参加者は十二人だけど、二時までにはもう少し増えるかもしれないわ」

風太は丁寧にお辞儀をして、胸に参加者の印の赤いリボンをつけると、ティグラウンドに向かった。

「フーくん」

見物客のなかから声がかかった。

振り返ると、鏡花さんが手を振っていた。白いワンピース姿だ。風太は朝方見た幻影を思い出して、頬を赤らめた。

鏡花さんは見物客を押しのけるようにして風太に近づいてくると、いきなり彼の手を握った。

「フーくん、出るんだったら、教えてくれればいいのに」

風太は鏡花さんに握られた手を見つめた。白いほっそりとした手が、少し骨張った手に重なっている。風太は自分の手がひどく男っぽく見えるのに気がついて、ちょっと驚いた。

「頑張ってね」と鏡花さんは風太の耳もとに口を近づけて言う。「友だちと応援しているから」

「鏡花さんの先輩も出るんですか？」

「え？」鏡花さんはまばたきをして、それからにっこりと笑った。「友だちの弟が出るのよ。先輩は全然関係ないの。安心した？」

風太はうなずく。

「友だちの弟は中学生なんだけれどね、自信満々なの。フーくんは？」

「ぼくは自信なんかありません」

「それは困ったな」

つぶやくと、鏡花さんはワンピースのポケットからグリーンのミサンガを取り出して、そっと唇に押し当ててから、風太の左手首に巻きつけた。

ミサンガには鏡花さんの吐息の温かさが残っているようで、風太は一瞬、頭がぼんやりとした。

「これで大丈夫」と鏡花さんは言った。「フーくん、頑張ってね」

はい、と風太は答えた。

鏡花さんはもう一度にっこりと笑うと、じゃあ、と手を上げて、見物客のなかに入って行った。三人の友だちが鏡花さんを取り囲み、一斉に風太の方に顔を向けた。風太はぺこりと頭を下げてから、逃げ出すようにティグラウンドに向かって走った。

参加者たちはすでにティグラウンドの脇に集まっていた。開始時間を早める、と事務員が告げた。参加者は全部で十二人、おばさんの期待も空《むな》しく飛び入りの参加は増えなかったようだ。

開始までの十分間、風太は素振りを繰り返した。緊張のせいか、腕や脚がしびれている感じだった。体がいつものように滑らかに動かず、クラブがひどく重かった。

ふう、と息を吐き、7番アイアンを足下に置いて、背筋を伸ばし、目を閉じて、バーディ、イーグル、アルバトロス、と何度も繰り返しつぶやいた。

目を開けると、少し気分が楽になっていた。

ニアピンコンテストが始まった。

最初のプレーヤーは、野球帽をあみだにかぶった小学生だ。クラブを力一杯振り回して、見物客の歓声を受けた。

風太はグリーンに目を向けて、はためく黄色のピンフラッグを見つめていた。ピンはグリーンの左奥に切られている。難しい場所だ。風は気ままに向きを変えている。

小学生がショットを放った。ミスショットだ。ボールはほとんど上がらず、転がって、三十メートルほど先の芝生の上で止まった。

クラブを投げ出してくやしがる小学生と入れ替わりに二番目のプレーヤーがティグラウンドに上がった。白いポロシャツと黒いズボンの中学生だ。鏡花さんの声が聞こえたような気がして、振り返ると、鏡花さんたちが手を振りながら、声援を送っていた。たぶん、彼が友だちの弟なのだろう。中学生は自信たっぷりにボールをティアップすると、滑らかなスイングでショットした。

ボールはまっすぐにピンに向かう。落下を始めたとたんに風が吹いて、ボールは右に流された。グリーン中央付近にナイスオン。中学生は残念そうに唇をかんでいたけれど、とりあえず彼はニアピンの権利を手にしていた。

次々とプレーヤーがティグラウンドに上がり、ショットを放った。風の影響なのか、緊張のせいなのか、ほとんどの者はグリーンを外した。

順番が近づいてくる。風太は乾いた唇をなめようとして、口のなかまで乾いていることに気がついた。

緊張しているのだ、と思う。そう思うと、足ががくがくして、この場から逃げ出したくなった。

名前が呼ばれた。

風太は深呼吸をして、ティグラウンドに上がった。歓声が雨音のように聞こえる。一度見物客の方を振り返った。鏡花さんの姿を確認することはできなかった。ただ、白いぼんやりとしたものだけが、目についた。

ボールをティアップして、狙いを定める。風が吹いて、ボールがティからころりと落ちた。悪い前兆だ。風太はボールをティアップし直し、もう一度最初からアドレスに入った。

グリーンを見ると、ピンフラッグが激しく揺れている。どちらの方向から風が吹いているのか、判断できない。

風太はゴルフクラブを握り直し、目を閉じた。思いきりよく振り抜け。頭のなかで男の声が響く。ふうっと息を吐き出す。ミサンガが巻かれた左手が温かく感じられる。

バーディ、イーグル、アルバトロス。

つぶやくと、すべての音が消えた。

風太は自分でも意識しないうちにテイクバックを始めていた。トップで切り直した時、初めてクラブの重みを感じた。振り抜け、と胸のなかで叫ぶ。クラブフェースがボールを捕らえる瞬間を確かに見た、と思った。心地よい感触が掌《てのひら》に残った。

風太は顔を上げ、飛んでいくボールを目で追った。

鉛色の雲が一掃され、すっきりと晴れあがった青空に、白く輝くボールが一直線に吸い込まれていく。

視線を下にずらすと、黄色いピンフラッグがあった。風に煽られ、右から左にはためいている。

時間の流れが奇妙なほどゆっくりとしていた。ゆるやかな弧を描いて、白いボールは落下を始める。風に運ばれて、ボールはピンの方に向かっている。

行け、と風太は叫んだ。

6番ホールを取り囲む、大勢の見物客たちが一斉に歓声をあげた。

ふたりの相棒

1

十六歳のサマーシーズンを七月の最終週の週末から始めることに珠子《たまこ》は決めた。梅雨が明けて、からりと晴れ上がった空から強烈な夏の日差しが降り注ぐところを想像すると、珠子は嬉《うれ》しくなってくる。

夏の光のなかで汗を一杯かきながら、バスケットボールをするのが、世界で一番楽しいサマーシーズンのすごし方だ、と珠子は思っている。

珠子って変だよね、と女子校のクラスメートたちには言われる。

どっちが変だ、と珠子は思う。君たちみたいに男とファッションにしか興味がない方がよっぽど変じゃないか。

珠子って妙に健全だよね。

そう言ったのは、クラスで一番、顔色の悪い女の子だった。彼女は自殺マニアで、大量の薬品を買い込んで自分の部屋の本棚にずらりと並べている、という噂《うわさ》がある。

健全で悪いか？　あたしは健全なバスケットボール少女であることを恥ずかしいとは

思わないもんね、と珠子は胸を張って、言い返した。

憐《あわ》れみの視線を投げかけて、クラスメートは背を向けた。健全ってことは、単純ってことなんだけど、珠子、わかってないんじゃないの？　ひそひそと話す声が聞こえる。みんな、クールなふりをしている。何かに凄《すご》く絶望しなければ、クールになんかなれないはずなのに。みんな、そこのところをごまかしている気がする。

でも、まあ、小難しい話はどうでもいい。

クールを気取る子が多い学校では、珠子は浮いた存在だ。今時、健全で単純なスポーツ少女なんて流行《はや》らない。

でも、いいんだ、と珠子は思っている。わたしはバスケットボールが好きだから。別に健全で単純なことを誇りに思っているわけではないけれど。

バスケットボールの魅力を知ったのは、三年前。衛星放送でNBAの試合を観《み》て、衝撃を受けてしまった。世の中にこんな素晴らしいものが存在するとは……。ああ、バスケットボールを知らないで生きてきた今までのわたしの人生はなんだったのかしら、と涙が出そうになった。

実に単純な反応だと思う。でも、事実なのだ。NBAのプレーヤーたちの並み外れた動き、スピーディでダイナミックな動きは、本当に素晴らしい。美しくてセクシーだ。わたしも絶対バスケットボールをやるぞ、と珠子は感激で体を震わせながら決意した。

バスケットボールの喜びに触れて見せるぞ。

で、バスケットボール部に入部をしたのだけれど、三か月も続かなかった。体育会系のノリがどうしても合わなかったのだ。

あの根拠のない先輩後輩の上下関係、だらだらと時間を食うばかりで効果のないトレーニング、そんなものは、苦痛でしかない。全然、楽しくない。

マイケル・ジョーダンが苦しそうな顔をしてバスケットボールをしているかあ？　バスケって楽しいよな、おい、と言うように対戦チームのチャールズ・バークレイの肩をたたいているところをわたしはＮＢＡのファイナルでしっかりと見たぞ、おい。

なのに体育会系は禁欲的で、いまだに根性物語の世界で、スポーツを楽しむものだとは思っていない。

ばーか、と捨て科白《ぜりふ》を残して、珠子は退部した。

あんたなんかにバスケットボールはできないわよ、とキャプテンをしていた先輩は言った。真面目に練習もしないしさ、背も低いしさ。

背が低いのは遺伝だから仕方がないだろうが。背が低くたってバスケはできる。第一、いくら背が高くても、日本人の女子の身長なんて知れたものだ。ダンクショットなんて逆立ちしたって決められないのだから。それに、みんながジョーダンのように宙を飛べるわけではないし、そんな必要もない。背が低くてもＮＢＡで活躍している選手だっているのだ。要するに、個性を活《い》かせばいいのだ。背が高くたってね、と珠子はキャプテンに言ってやった。あんたみたいにノロマだったら、宝の持ち腐れじゃない。

体育会系バスケットボールとすっぱり縁を切った珠子は、自宅の近所の公園でひとりで練習を始めた。

ボールとバスケットさえあれば、どこでもバスケットボールはできる。ちょうどストリートバスケが流行り始めた頃で、珠子みたいに体育会系のノリについていけない少年たちや昔結構やってました風の大人たちが集まってきて、三対三（スリー・オン・スリー）に興じていた。

さすがに、女の子がひとりでいって、すぐに仲間に入ることができる、という感じではなかったけれど、珠子は彼らのプレーを見て、さまざまなテクニックを知り、ひとりで壁を相手に練習を重ねた。

「君、ちょっとやってみる？」

ある日曜の午後、三十すぎの男が声をかけてきた。毎週、週末になると公園にやって来て若者をカモにしている、昔は結構やってました風のオジサン三人組のひとりだった。

「わたし、試合したことないの」

「やってみるかどうか聞いてるんだけどな」

男はにやにや笑っている。

「やってみる」

珠子は言って、首にかけていたタオルをはずした。

男は友だちふたりのところに珠子を連れていった。彼らは木陰に座って汗を拭きながら、エビアンかなにかを飲んでいた。

デカイ奴《やつ》らだな、というのが、珠子の最初の印象だった。三人とも百九十センチ以上ありそうだった。

「俺、浅野《あさの》」と男は言った。「で、こっちの太っているのが小早川《こばやかわ》、で、そっちの生え際が後退しているのが毛利《もうり》。で、君は？」

「わたし、珠子」

「じゃあ、珠子、よろしくな。俺たち、みんな妻帯者だから、チーム内不倫は御法度にしよう」

誰がオヤジと不倫するって言った？　と珠子は思ったけれど、口には出さなかった。

彼らは悪い感じではなかった。それに、彼らはとても強いのだ。珠子が知っている限り、彼らはこの公園でのゲームで負けたことはなかった。

よろしくな、と口々に言いながら、彼らは大きな手で珠子の手を軽くたたいた。

「サンフレッチェ」というのが、彼らのチーム名で、それは、三本の矢という意味なのだ、と浅野がオヤジらしくもったいぶった口調で説明してくれたけれど、そんなこと、珠子は知っていた。広島をフランチャイズにするサッカーチームの名前と一緒だから。

今日からは、「サンフレッチェ＋1」にしよう、と浅野は宣言した。毛利と小早川はあまり気乗りしない様子でうなずいた。

その日の午後は、ずっとゲームをしていた。珠子はでずっぱりだった。彼ら三人のうちふたりがゲームに出て、ひとりが休む。試合が終わる度に、彼らは珠子にアドバイスをした。もっとパスを早く投げろ、ドリブルを練習しろ、シュートを正確に打てるようにしろ、スピードに変化をつけろ、などなど。

彼らの指摘は正しい。彼らの目で見れば、珠子はまったくの初心者、足手まといに違いない。

パスはカットされるし、シュートはブロックされるし、ドリブルはミスするし……。ああ、情けない、とは思うけれど、もっとくやしかったのは、彼らが対戦相手との力量のバランスを取るために珠子を使っているような気がしたことだ。珠子をのぞいたふたりだけでも充分に彼らは戦えるのだ。

夕暮れのベンチに腰を下ろしてミネラルウォーターを飲んでいると、浅野が近づいてきた。

「珠子、今日はさんざんだったな」

「そうね」

「もうやめるって言い出すんじゃないか？」

「わたしはやめないよ」と珠子は言った。「でも、マスコットみたいに扱われるのは、嫌だ」

「ほお」と浅野は目を丸くした。この人はもともとどんぐり眼《まなこ》なのだ。

「今日みたいにされるのだったら、もうゲームなんかしなくていい」

「なるほど」浅野は唇の端を少し歪《ゆが》めて微笑した。「まっ、俺たちにも不純な動機があったことは認めるよ。可愛《かわい》い女の子がチームにいれば、なんとなく洒落《しゃれ》てるじゃない？とかね。しかし、珠子が本気だったら俺たちも本気になるよ」

「物わかりが良いな」と珠子は言った。「良すぎるな」

浅野はちょっと嫌な顔をした。親切な優しい言葉をかけてやったのに、なんだこいつはって感じだった。

浅野はしばらく珠子の顔を見ていた。どういうリアクションをすべきか考えているようだった。バスケットボールをしている間はあんなに素早く、的確に反応ができるのに、コートを出てしまうと、反応が鈍ってしまうのはなぜだろう？　と珠子は思う。要するに、オヤジってことなのだろうか？

「来週、また俺たちはここに来るよ」と浅野は白い前歯を見せて言った。「珠子がよければ、チームに加わってくれ。今度はハードにやろう」

じゃあな、とぽんと肩をたたいて、浅野は他のふたりと一緒に去っていった。

物わかりの良い大人たちは、けれど、一度余裕を失うと、冷酷に弾圧を始める。彼らがそうでなければいいのだけれど、と珠子は三人のうしろ姿を見送りながら思った。


翌週の土曜日、珠子は一番早く公園のバスケットボール・スペースに到着した。誰が決めたわけでもないけれど、壁にバスケットボールが取りつけられ、バスケットボールをするのに不自由のないスペースが確保されていたから、愛好者たちが集まってくるのだ。公園には、他にいろいろなスペースがある。ローラーブレードのスペース、ローラースケートのスペース、マウンテンバイクのスペース、犬愛好者のスペース、若い恋人たちのスペース、それぞれのスペースに集まる人々は他のスペースを侵犯しない、という暗黙の了解ができあがっている。

珠子は小脇に抱えていたバスケットボールをベンチに置くと、肩からバッグを下ろし、ヘッドフォンをつけたまま、念入りに柔軟体操を始めた。

少し動いただけで、汗が滲《にじ》むほどの暑さだった。八月の終わりの太陽は、容赦なく強い日差しを放っていた。

柔軟体操を終えると、珠子はミネラルウォーターを飲んで、少し休憩し、ドリブルの練習を始めた。ドリブル、パス、シュート、基本がまったくできていないのが弱点だと、珠子は素直に認めていた。基本の習得は、単調な繰り返し練習に耐えることだ。運動神経が悪いとは珠子は思っていない。体は柔らかかったし、敏捷《びんしょう》に動く。ボールの扱いに慣れれば、「サンフレッチェ」のメンバーたちの足手まといになるようなことはないだろう。

彼らは三人連れ立って、やって来た。白いタンクトップにショートパンツ、ハイカットのバスケットボールシューズ。お揃いのスタイルだ。

彼ら三人は珠子を見つけると、よお、と手を上げて、顔を見合わせ、くすくすと笑った。なにがおかしいのか、珠子にはわからなかった。

コートでは、大学生くらいの男の子たちがゲームをしていた。因縁の対決らしく、口汚く罵り合ったり、ファール覚悟で激しく体をぶつけ合っていた。

ちらりとコートの方を見てから、浅野は珠子からボールを取り上げ、ぽんと毛利に放った。珠子の身長の低さをからかうような山なりのパスだった。毛利からボールを奪おうとすると、彼はにやにや笑いながら、小早川に早いパスを投げた。

なるほどね、と珠子はかっと体が熱くなるのを感じながら思った。もう始まっているわけね。

三人は珠子を取り囲み、笑顔のまま、パスを回す。珠子は飛びかうボールの間で翻弄される。どんなに手を伸ばしても、ボールには触れることができない。フラストレーション。闇雲に動き回るだけでは、彼らからボールを奪うことはできない。

額から汗がしたたり落ちて目に染みた。

涙が出そうになる。ぐっとこらえて珠子はボールを持っている浅野をにらんだ。浅野はボールを弾ませて、珠子を引きつけようとする。誘いに乗ってはいけない、と思いながらも、珠子はじりじりと浅野に近づく。パスを出す相手は、小早川か毛利か？　判断できない。

浅野の視線が小早川の方に動いた。フェイントか？　珠子は咄嗟《とっさ》に逆向きに体をひねって、毛利の方に手を伸ばした。正解。指先にボールが触れる。コースを外れたボールを必死になって追う。間一髪で転がるボールを押さえた。

「いい根性だ」

顔を上げると、毛利が手を差し出した。

根性なんて大嫌い。珠子は毛利の手を借りずに立ち上がった。

「三対一はフェアじゃないよ」

「たしかにな」苦笑して毛利が浅野を振り返った。「二対二にしよう」

「浅野と珠子」と小早川が言った。「毛利と俺」

「珠子、パスだ」

浅野が大きく広げた両手を頭の上でゆらゆらと振った。

二対二でパスを回し合う。少しでも油断をしていると、両手で持っているボールをすぐにたたき落とされる。

毛利の足の間を狙って、ワンバウンドで浅野にパスを通した。なかなかやるね、と毛利が笑う。まっすぐに走って、早いパスを受ける。ドリブルを続けながら、毛利と向かい合う。腰を低くして、左右に大きく手を広げると、珠子には毛利が巨大な壁のように感じられる。壁だったら、そこにあるだけだけれど、毛利は隙があると、手を出してくる。ただし、壁はどんなにフェイントをかけても身じろぎしないけれど、人間は違う。

毛利の重心が左にかかった時を狙って、右に一歩踏み込んで、パスを出す。でも、焦ってしまって、パスには勢いがなかった。簡単に小早川に横取りされて、浅野は肩をすくめた。

一時間くらいパス回しの練習をしていたのではないか、と思ったけれど、実際には十分ほどしかたっていなかった。

コートが空いた、と浅野が言うと、彼らは動きをとめた。汗はかいていたけれど、息は乱れてはいなかった。彼らにとってはちょうど良いウォーミングアップだったのだろう。

ぽいと肩ごしにボールを投げると（そのボールは正確に珠子の両手のなかにすっぽりと納まった）、三人は振り返りもせずにコートに入っていった。

対戦相手はすぐに見つかり、ゲームが始まる。珠子ははあはあと荒い息を吐きながら、ベンチに座った。

吐き気がしそうなほど疲れていた。

ボトルに口をつけて、ごくごくとミネラルウォーターを飲んだ。じわっと体中に汗が吹き出し、胃がぴりぴりと痛んだ。

結局、その日は一度も試合には加われなかった。「サンフレッチェ」のメンバーたちはゲームが終わると、少し休憩し、珠子を加えてパス回しの練習をした。

「結構、タフだな」

帰り支度を終えた浅野がバッグを肩に担ぎながら言った。「じゃあ、また明日」

夕暮れの頼りない陽光のなかを背の高い男たち三人が肩を並べて帰っていく。彼らにも家があって、バスケットボールとは関係のない生活も送っているのだ、と思うととても不思議な感じがした。

「サンフレッチェ」のメンバーたちは雨が降っていない限り、必ず土曜日と日曜日の午後には、公園に現れた。

みんな、妻帯者だ、と宣言していたけれど、彼らの妻たちが同行することは一度もなかった。結婚生活が破綻しているのではないか、と珠子は思ったこともあった。けれど、のほほんとして、バスケットボールに興じる彼らからは深刻な問題を抱えている悲愴感《ひそうかん》のようなものはまったく感じられなかった。

「サンフレッチェ」のメンバーたちとのつきあいは二年近く続いた。出会いが突然だったように別れも突然だった。

その日、彼らは公園に現れると、珠子に試合に出るように言った。小早川が足首を捻挫したらしい。左足をちょっと引きずるように歩いている。

「負けられない相手なんだ」と小早川は顔をしかめて言った。「オジサンのプライドがかかっているんだ」

対戦相手のチームとなにかトラブルでもあったのだろう、と珠子は思った。たぶん、年齢のことで。「サンフレッチェ」は連戦連勝で、しかも相手を小馬鹿にしたようなプレーをするから、彼らを快く思っていないチームもたくさんいた。

「俺が出られればいいんだけれど、この足じゃね」

悔しそうに足首を見た。

「珠子の方がまだましだ」と毛利が言った。

「小早川は走れないんだから」

「マスコット扱いはしないからな」

喜ぶ珠子に浅野が釘《くぎ》を刺した。

その日の彼らはいつもと少し違っていた。冗談も言わないし、笑みを浮かべることもない。真剣な顔をしてバスケットボールに集中している。

その頃には珠子の技量もかなり高いものになっていた。「サンフレッチェ」のメンバーたちのしごきにも似たトレーニングと毎日の鍛錬の成果だった。珠子は朝晩、必ず自宅のあるマンションの駐車場で基礎訓練に励んでいた。その甲斐《かい》あってボールをある程度思い通りに操れるようになっていた。

最後のゲームの相手は大学生のチームだった。中学、高校とバスケットボール部で鍛えられた連中だ。俺たちは素人じゃないんだぜ、と鼻にかけている。

試合はいつになく激しいものになった。お互いに意地になって、ボールを奪い合い、体をぶつける。友好的な雰囲気などかけらもなかった。

珠子のミスで点を取られると、浅野と毛利は厳しい顔で叱責した。遊んでいるんじゃないんだぞ、と言っているみたいだった。遊ぶつもりだったら、さっさと帰れ。

試合はシーソーゲームだった。ミスをした方が負ける。珠子は素早い動きでコートを駆け回り、隙をついて、スリーポイントシュートを放った。

ゲームに集中していると、他のふたりのメンバーの動きが目で確認しなくてもわかってくる。

振り向かないで、肩ごしにパスを出しても、受けてくれる相手がいることが、はっきりとわかるのだ。

　自分が何をすればいいのかも、相手が何をのぞんでいるのかも、瞬時に理解できる。あとは体を動かすだけだ。

　いいじゃん、と珠子は思った。この感じ、なかなかじゃん。

　後半になって、大学生チームの集中がとぎれた。たて続けに浅野と毛利のシュートが決まった。最後までその点差を維持して、「サンフレッチェ＋1」は勝利した。

　ベンチに座って試合を見守っていた小早川は、ぱんぱんと浅野と毛利の手をたたいたあと、一際強く珠子の手をたたいた。

「よくやった」

　まあね、と珠子は自慢したい気分だった。

　彼らは汗を拭うと、目で合図を送ってから、珠子の前に並んで立った。壁みたいだな、この人たちは、と珠子は思った。

「珠子」と浅野が言った。「俺たちは今日で引退する。みんな、離れ離れになるんだ。小早川は実家に帰って家業を継ぐ。毛利は離婚して新しい会社に移る。今までの会社はカミさんの父親がやっている会社だからさ。俺は、ベネズエラに単身赴任だ」

「じゃあ、みんな、いなくなるわけ？」

「そうだな」と浅野はうなずいた。「いなくなる。三人一緒にバスケットボールができるのは、いつになることやら……」

たぶん、そんな日はもう来ないだろう、と彼らは思っているようだった。

珠子は少し悲しい気分になった。今日のゲームで感じたような一体感を二度と感じることはできないのかもしれない。

「珠子」と浅野が微笑して言った。「俺たちがいなくなってもバスケットボールをするのか？」

「もちろん」と珠子は言った。「だって、わたし、バスケットボールが好きだから」

「なかなかタフな少女だぜ」

小早川が言って、彼らは笑い声を上げた。

一緒にビールでも飲むか？　と毛利が誘ったけれど、珠子は断った。

「そうだな」と浅野がうなずきながら言った。「俺たちの感傷に珠子がつきあう必要はないからな」

じゃあ、元気で、と手を上げて、彼らは去っていった。一度も振り返らなかった。夕暮れの日差しのなかを彼らは肩を並べて、ゆっくりと遠ざかっていった。まるで彼らはバスケットボールの楽しみを珠子に伝えるために、別の世界からやって来た妖精のようだ、と珠子は思った。妖精にしては、少し見てくれは悪いけれど……。

珠子はまぶたを擦《こす》って、彼らのうしろ姿を記憶に刻みつけようとした。けれど、彼らはもう木立ちの向こうに姿を消していた。

彼らは二度と公園のバスケットボール・スペースに姿を現わさなかった。

今でも時々、珠子は彼らのことを思い出すけれど、彼らの顔はぼんやりとしていて、ただ長い手や脚が動くところが頭に浮かんでくるだけだった。

2

チームを作らなければならない、と珠子は思っていた。相棒と呼べるくらいに心が通じあうメンバーがふたり。性別にはこだわらない。女でも男でもいい。とにかく、バスケットボールが一緒にできるメンバーが必要だった。

心当たりはあった。

つい二週間ほど前のことだ。公園のバスケットボール・スペースで、ひとりきりでシュートの練習をしている男の子を見かけた。背が高くて（百八十センチは超えているだろう）、痩せっぽちの高校生くらいの男の子。彼は黙々とシュートの練習を続けていた。珠子に気がつくと、男の子は練習をやめてコートを空けた。

午前中の早い時間だったから、コートにはまだ人が集まっていなかった。

一緒にやろうよ、と声をかけると、男の子は驚いたように目を見開き、顔の前で激しく手を振った。どうして？　いいじゃない、と言葉を続けるのを振り払うように立ち上がり、足早に去っていった。

　変な奴、と珠子は思いながら、コートに入った。さっきまでシュートの練習をしていた男の子が立っていた場所には、汗のしずくのあとが残っていた。

　そこから、ゴールのバスケットに向かって、シュートを放ってみた。ボールはバスケットのはるか手前に落下した。珠子の力では、ごく普通に構えてシュートしたのでは、バスケットまでは届かない。思いきり力をこめて、フックショットをすれば、届くかもしれないけれど、確率はものすごく低くなる。

　無造作にシュートを放ち、バスケットに入れていた男の子のひょろりとした姿が頭に浮かんで消えた。

　わたしがゴールポストの方に切り込んで、相手をひきつけておいて、あの子にパスを返したら、ロングシュートを簡単に決めてくれるかもしれない、と珠子は思った。空を横切るように飛んで、バスケットを揺らすボール。あっけにとられたような対戦相手の顔。はっきりとイメージが浮かんで、珠子は久しぶりにわくわくした。

　学校が夏休みに入った日の午後、珠子は公園のベンチに座って、背の高い男の子が現れるのを待った。

　バスケットボール・スペースでは、高校生くらいの男の子たちがボールを追いかけ回していた。あまりうまくない。真剣にバスケットボールをやろうとは思っていないようだ。ただの遊び、時間潰し。それとも、アイスクリームをなめながらぶらぶらと歩いている女の子をナンパするため？

梅雨が明けて、陽光は燃え上がる炎を思わせる。じっと座っているだけでも汗が滲んでくる。コートに立って、体を動かせば、体中の水分が吹き出してきそうだ。

汗をかくのは嫌いではない。体のなかに溜《た》まっている汚れ、澱《よど》んで腐臭を漂わせているものが、汗とともに流れ出す感じがするから。どんどん水を飲みながら、汗をかいていると、そのうちに汗はさらりとして、嫌な臭いもしなくなる。体が軽くなり、動きがシャープになる。そうなったら、いくら暑くても夏を快適にすごすことができる。太陽の光を浴びて、日焼けし、贅肉《ぜいにく》はそぎ落とされる。

珠子はヘッドフォンの音量を上げた。ラップミュージック。耳から伝わるリズムに体が同調する。細胞のひとつひとつがリズムに合わせて動いている。珠子はバスケットボールのプレーをリズムに合わせてイメージする。やがて、彼女はイメージのなかに入り込み、動き、走り、跳んで、ボールをバスケットのなかにたたき入れる……。

来た。

珠子はヘッドフォンをはずして、ベンチから立ち上がった。胸がかすかにときめいている。なんとなく乳首が痛む。変な感じだ。

背の高い男の子は、小太りの男の子と一緒だった。ふたりはTシャツを着て、ランニング用のショートパンツを穿《は》いている。首にはタオル。ジョギングでもするようなスタイルだ。

背の高い男の子はコートの端で立ち止まり、珠子を見た。短く切りそろえた髪を撫《な》で上げる。ちょっと気弱さを感じさせる笑みを浮かべると、珠子に向かって軽く手を振った。

ふたりの男の子がゆっくりと近づいてくる。小太りの男の子は、初めてここに来たのか、もの珍しそうにあたりを見回している。

「やあ」と背の高い男の子が言った。「いるんじゃないか、と思ったよ」

「わたしも、来るんじゃないか、と思った」

「俺、吉田《よしだ》。こいつ、渡辺《わたなべ》。バスケの経験はないんだけど、連れてきた」

「わたし、珠子。よろしくね」

手を差し出すと、渡辺はどぎまぎしながら、珠子の手を握った。男の子のくせに、とても柔らかな手だった。

「よろしく」

吉田の手は大きくて、がっしりとしていた。でも、武骨なだけではなくて、繊細さも感じられる。吉田の手を握ると、珠子はちょっと胸がどきどきした。変な感じだ、と珠子は思う。わたしが変なのかな?

「練習、見てたよ」と吉田が手を離して言った。「うまいね」

「ありがとう」と珠子は言った。「で、わたしたち、チームを組むわけね?」

「そのつもりだけれど」

吉田はちらりと渡辺を見た。

渡辺のTシャツは、すでに汗でぐっしょりと濡《ぬ》れていた。顔は赤いし、息も荒くなっている。どう見ても激しい運動ができるような状態ではなかった。

「大丈夫だよ」ふたりの視線を感じて、渡辺は口を尖《とが》らせた。「バスケットボールは中学の頃、体育の時間でやったことがあるから」

「それって、ルールを知っている、ということ?」

珠子が訊《き》くと、渡辺は仏頂面を作って、まあね、とうなずいた。

「とにかく、パスの練習でもしようよ」

一瞬、流れた白けた空気を取り繕うように吉田が言った。

三人でボールを回し始める。渡辺は、案の定、下手だった。ボールを受け取ったり、投げたり、といった本当に基本的なことすら満足にできないのだ。

渡辺は今までにスポーツなんてしたことがないのではないか、と珠子は思った。

吉田と珠子の間ではかなりスピードのあるボールがやり取りされた。吉田はクラブ活動でバスケットボールをやっていたことがあるタイプだ。けれど、吉田は今ひとつ機敏に動き回るのが苦手のようだ。渡辺がミスしたボールを拾いにいく時にものそのそしていた。

これは結構、大変だな、と珠子はパスの練習をしながら思っていた。「サンフレッチェ」のメンバーたちがやっていたバスケットボールとは格段にレベルが違うのだ。

「君たち、ゲームやらない？」

コートにいた高校生の男の子たちから声がかかった。ガムを嚙《か》みながら、にやにや笑っている奴、ワンレンに伸ばした髪を茶色に染めている奴、耳に金色のピアスを光らせている奴。珠子たちが練習しているのを見て、これなら勝てる、と思ったのだろう。

やらない、と珠子が答える前に、いいよ、と渡辺が応じた。やろうよ、ゲーム。練習だけじゃ、つまんないよ。

この馬鹿。思ったけれど、もう遅かった。ガムを嚙んでいた男の子が、ぽんとボールを珠子に放った。

試合が始まると、すぐに珠子は負けを覚悟した。相手の動きは鈍い。けれど、味方の動きの方がもっと鈍い。珠子がゴール下に切り込んでも、相手は身長にものを言わせて、上からプレッシャーをかけてくる。パスを出そうとしても、渡辺はよたよたしていて、簡単にカットされてしまう。吉田はロングシュートを狙うのだけれど、ぎりぎりのところで外れてしまう。

相手チームは楽にパスを回し、ゴールを決めていた。珠子は自分ひとりが動き回っている気がした。気持ちが焦る。これでは、駄目だ、と思う。ボールを手にすると、闇雲に突っ込んでいって、シュートを放つ。そんな時に限って、吉田がマークを外して、フリーになっている。

急造のチームだから、コンビネーションがうまくいくわけはない。それでも、パスを出したい位置に人がいないと罵倒したくなる。渡辺くん、なに、やってるのよ、もっと動いて。吉田くん、こっち、こっちだったら、今、ボールをくれたら、ゴールできるから。

三人の動きが噛み合わないままに、ゲームは終わった。大敗だった。高校生の男の子たちは、余裕の笑みを浮かべて、まっ、こんなものだろうね、もう少し強くなったら、相手をしてあげるよ、と言い放った。

あんたたちなんかに負けるはずはないんだ、と珠子は言い返したかった。「サンフレッチェ」のオヤジがひとりでもいたら、簡単に捻《ひね》ってやれたのに。

「なに怒ってるの？　珠子」

渡辺が訊いた。彼はベンチに座って、タオルで額の汗を拭うなり、ああ、スポーツって気持ちがいいなあ、と呑気《のんき》な声を出したのだ。

「怒ってないよ」と珠子は言った。「ただ、くやしいだけ」

「だって、あいつら、うまいじゃない」

くやしそうな素振りも見せない渡辺の丸みを帯びたほっぺたをひっぱたいてやりたい、と珠子は思った。

「初戦だから、仕方ないよ」と吉田がなだめるような口調で言った。「チームプレーもできないしさ」

「そうだよ」と渡辺が元気よく言った。「チームプレーができないんだよ、俺たちは。だけど、そのうちできるようになるよ」

あんたと組んでいたら、五百年かかってもチームプレーなんてできない、と珠子は心の中で毒づいた。

珠子は黙り込んで、汚れと汗を落とすスプレーシャワーを腕と脚にかけて、丁寧にタオルで拭った。冷たさが肌にしみ込んで、少しだけいい気分になる。ふと視線を感じて、顔を上げると、渡辺が珠子の脚を見ていた。なんと言うか、ちょっと好色な中年男を思わせる目だった。

珠子がにらみ返すと、渡辺はあわてて視線をそらせた。汗で濡れたTシャツが背中に張りついて、ピンク色のしまりのない肉の盛り上がりが透けて見えている。珠子はかすかな吐き気を感じて、バスケットボールシューズの紐《ひも》を結び直した。鍛えられていない体はどうしてあんなにも生々しく、いやらしさを感じさせるのだろう?

「少し休んだら」と珠子は吉田に言った。「チームプレーの練習をしよう」

吉田は黙ってうなずいたけれど、渡辺は抗議の声を上げた。

「ええ？　またやるの？　どっか涼しいところに行って、お茶でも飲もうよ」

渡辺の提案は、ふたりの冷たい視線のもとに即座に却下された。

「珠子って、学校はどこ？　何年？　家はどこにあるの？　そうだ、電話番号を教えてくれない？」

渡辺は冷房の利いたファミリーレストランに入ると、急に元気になってまくしたてた。

公園の近くにあるファミリーレストランは、さまざまなスタイルをした客でにぎわっていた。公園でスポーツやその他の趣味（たとえば、ラジコンカーとか日光浴とかデートとか）を楽しんだ人々を、多少の服装の乱れや汗臭さには目をつぶって、快く受け入れるからだ。

そんなわけで、珠子たちが練習を終えてお茶を飲むことにした時、まず最初に頭に浮かんだのはこのファミリーレストランだった。

珠子は練習が終わったら、さっさと帰るつもりだったけれど、渡辺が執拗《しつよう》に誘うので、初めてチームを組んだ記念としてつきあうことにした。

じゃあ、また、と軽く手を上げて、公園から立ち去っていった「サンフレッチェ」のメンバーたちとのつきあいの方が、ずっとあっさりとしていてスマートだと珠子は思っていた。

彼らと吉田くんと渡辺くんを比べてはいけない、とは思うのだけれど、どうしても比較してしまう。彼らはもういないのだ。チームを組んでいるのは、吉田くんと渡辺くんなのだ、と自分に言い聞かせ、その度にため息が出そうになった。

「わたし」と水を飲んでから、珠子は渡辺に言った。「個人的なつきあいをする気はないから。バスケットボールだけのつきあいをしたいの」

「そんな、殺生な」渡辺は両手で持ったチーズバーガーにかぶりつく。「せっかくチームを作ったんだから、楽しいこと、いっぱいしようよ。バスケットボールだけじゃなくてさ」

「わたしは、バスケットボールがしたいの」視線を吉田に向ける。「他に楽しいことなんてないから」

「ぼくが教えてあげるよ」

にやにや笑って渡辺が言った。

吉田はコーラを一口飲むと、まばたきをしてガラス越しに通りを見やった。夕暮れが近づいている。走り抜ける車のフロントガラスに夕暮れの光が反射する。

「俺もバスケットボールがしたいな」と吉田はつぶやくように言った。白い前歯が唇をかんだ。「今日みたいに惨めな負け方をするのは、嫌だな」

「本気かよ？」

渡辺が茶化すように言った。

「本気だよ」吉田は隣に座っている渡辺の肩をぽんとたたいた。「あいつらに勝つまでは、やる」

「吉田、どうかしちゃったんじゃないの？　俺、もうへとへとだぜ。明日、起き上がれるかどうかもわからない。毎日、やるのか？　こんなこと」

「そうだ」と吉田は力強く言った。「雨の日を除いては」

「雨が降るのを祈るしかないな」

渡辺は首を振りながら、ぼやいた。

「当分、雨は降らないわよ」

珠子はようやく微笑して、言った。

3

三週間、雨は降らなかった。

吉田はもちろん、渡辺も毎日、公園に通ってきた。最初の一週間は、疲れた疲れたと言っては休みたがったし、体の動きも鈍かったけれど、二週間めに入ると、体が慣れてきたのか、渡辺も見違えるほど素早く動けるようになった。

俺、こんなに痩せちゃった、とTシャツの裾をまくり上げて、少し締まった腹を自慢そうに見せたりもした。

けれど、チームはまだ一勝も上げていなかった。一日に一ゲームだけ、相手を選んで試合をしていた。

練習ではなんなくこなせるプレーも試合になると、うまくいかなかった。大事なところでミスが出て、試合を落としてしまう。ミスをするのは、たいてい、渡辺だった。

珠子と吉田のコンビプレーは着実に進歩していた。鮮やかに決まって、相手チームからも賞賛されることがあった。

珠子は少しずつバスケットボールを楽しめるようになっていた。一勝もしていなかったけれど、内容には満足できる試合もいくつかあったから。

振り向きざまに早いパスを出して、吉田が受け取り、ゴールを決めたりする時には、胸の奥がじんと熱くなった。

たまに、渡辺がトイレに行って、吉田とふたりきりになると、珠子は少し落ち着かない気分になった。

なにかの拍子に吉田の手が肩に触れたりすると、そこだけ電流が走ったみたいに痺《しび》れる感じがした。

ぼんやりしている時に、ふと吉田の顔や体が思い浮かんだりもした。そんな時、珠子はわけもなく体が熱くなって、手近にあるものをつかんで壁に投げつけたい衝動にかられた。


「珠子、俺とつきあってくれないか?」

渡辺は真面目な顔をして言った。

公園から帰宅して、シャワーを浴び終わった時に、ドアのチャイムが鳴った。両親はまだ会社から戻って来ていなかった。彼らは一人娘の世話よりも自分の仕事を大切にしているようだった。珠子が物心ついてから、ずっとそうだ。

素肌にTシャツを着て、ショートパンツを穿いて、珠子は玄関のドアを開けた。渡辺がちょっと照れ臭そうな笑みを浮かべて立っていた。

「驚いた?」

うん、と珠子はうなずいた。吉田にも渡辺にも自宅の住所を知らせていなかった。

「悪いと思ったんだけれど、珠子のあとをつけてきたんだ」

日焼けした顔を引きつらせて笑う。渡辺の緊張が珠子に伝染する。珠子は玄関の明かりをつけた。暗がりのなかで向き合っていると、怪しい雰囲気になりそうだったから。

「珠子、俺とつきあってくれないか？」

「つきあうって？」

「わかってるだろう？　彼女になって欲しいんだよ」

これって、告白？　と珠子は思った。あたしが渡辺くんの彼女になるわけ？

「俺、珠子がずっと好きだったんだ。バスケットボールの練習を続けたのも珠子に会える楽しみがあったからなんだ。そうでなければ、あんな疲れることしたくないよ。でも、今ではバスケットボールが好きだけれどね」

渡辺は深く息を吸い込んで、ゆっくりと吐き出した。頬が強張《こわば》っているのに、笑おうとするから、泣き出しそうな顔になった。渡辺はじっと珠子の目を見た。お願いだから、そんな目で見ないで、と珠子は言いたかった。渡辺の目は、とてもナイーブな少年の熱意を感じさせた。心が動きそうだった。珠子は渡辺から目をそらして、靴箱の上のタヌキの置物を見た。父親がどこかに出張した時に買ってきたファニーな置物だった。パパにそっくりとママは言っている。

「悪いけど」と珠子は言った。「渡辺くんとはバスケットボールだけのつきあいにしたいの」

渡辺はがっくりと肩を落とし、顔を伏せた。着替えたばかりのポロシャツはぶかぶかだった。一夏で彼はサイズひとつ分の贅肉を落としたのだ。

「やっぱり吉田が好きなのか？」

渡辺が押し殺した声で訊いた。

「そういうわけじゃないけど……」

渡辺はうつむいたまま、しばらく何も言わなかった。空気がとても重苦しくなって、息もできない気がした。

珠子、と大きな声で呼びかけて、いきなり渡辺が抱きついてきた。ちょっとやめてよ、渡辺くん、と言いながら、珠子は彼の腕を外させようとしたけれど、渡辺の力は強かった。

ぐいぐいと力を込めて、珠子の細い体を抱き締め、左の肩に額を押しつける。これ以上、体重をかけてきたら、膝で男の急所を思いきり蹴り上げてやろう、と珠子は思った。けれど、渡辺は珠子の体を抱き締めたまま、動きをとめた。首筋に渡辺の息づかいを感じる。頬がほてってくる。押しつぶされた乳房がちょっと痛い。そのまま、時間がすぎていった。雷鳴が聞こえ、雨が降り始める音が響いた。

渡辺は珠子から腕を放すと、手の甲で顔をこすった。泣いているのではないか、と珠子は思った。渡辺は深呼吸をひとつして、顔を上げた。目のまわりにうっすらと汗か涙のあとが残っていた。

「ごめんな、珠子」とぎごちない笑顔を作って渡辺は言った。「こんなことして。俺、サイテーだよな」

渡辺はくるりと背を向けると、ドアを押し開いて、玄関の外に駆け出していった。階段を下りる足音が響く。

珠子は渡辺のあとを追った。このまま帰してはいけない気がした。

ロビーまで下りた時には、渡辺はもうマンションの敷地の外に出ようとしていた。

「渡辺くん」と珠子は叫んだ。

激しい雨で渡辺の姿はかすんでいる。

足をとめ、振り返ったように見えたけれど、たしかではない。雨のなかに駆け出そうとして、珠子はためらった。追いかければ、きっと渡辺くんを受け入れることになるだろう。友だちを失いたくはない。けれど、情に流されて、彼とつきあえば、きっと後悔する。

雨足が強くなる。雨粒は激しい機銃掃射のように地面で弾け飛ぶ。珠子は暗くなるまでマンションのロビーに立ち尽くし、雨を見ていた。

四日間雨が降り続いた。

のろのろ移動する台風のせいだ。

ようやく台風が通りすぎると、晴天の空にはもう秋の気配が感じられた。日差しは強いけれど、風は涼しく乾いている。

珠子は少し暗い気分で公園に行った。

バスケットボール・スペースには、水たまりができていた。日差しを反射して水たまりは鏡のように輝いている。

ベンチにバッグを置いて、珠子はヘッドフォンでラップミュージックを聞きながら、渡辺と吉田が現れるのを待った。

いつものようにリズムに体を同調させようとしたけれど、うまくいかなかった。ふたりはもう二度と公園に来ないのではないか。そう思うと、体からリズムは失われ、気分は暗くなっていく。

「やあ、久しぶりだな。相棒たちは来ないのか？　それとも、君は薄ノロたちを見限ったのか？　俺たちとバスケットボールでもしないか？　なんなら、もっと楽しいことの相手をしてやってもいいぜ」

例の高校生たちだった。サマーシーズンの最初の試合で対戦した相手。彼らはまっくろに日焼けした体を誇らしげにタンクトップとショートパンツで包んでいる。姿を見かけなかった間、海にでも行っていたのだろう。

珠子は腕を組んで、彼らをにらみつけた。

彼らはにやにや笑いながら珠子に近づいてくる。珠子はバッグに手を伸ばした。逃げ出そうとした時、コートの向こうから吉田が歩いてくるのが見えた。Tシャツにショートパンツ、首にはタオル。初めて会った時と同じ格好をしている。

「ゲームをしよう」と珠子は立ち上がって彼らに言った。「相棒が来たから」

「上等じゃない」とピアスをした子が言った。「でも、負けたら、君は俺らとつきあうんだぜ」

「いいよ」と珠子は言った。「でも、わたしたちが勝ったら、土下座して謝るんだぜ」

ひゅう、と彼らは奇声を上げながら、コートに入っていった。ボールを回し、ひとりずつシュートを決めていく。一夏の間に彼らも随分腕を上げたようだった。

勝てるだろうか、と珠子は不安になった。

不安を追い払うように首を振る。ラップミュージックのリズムが体のなかに甦《よみがえ》る。リズムに体が同調している限り、負けることはないだろう。でも、リズムを失ってしまったら？

「珠子」と吉田が声をかけた。「久しぶりだな」

吉田はひとりだった。ひとりでいる吉田は、なんとなく頼りない感じがした。三人でいることに慣れていたのだ、と珠子は思う。激しい雨のなかを駆けていく渡辺のうしろ姿が脳裏をよぎる。

「渡辺は来ない」とバッグを置いて、吉田は言った。「珠子によろしく伝えてくれと言っていた」

「そう」

胸がちくりと痛んだ。

「何があったんだ？」

吉田が横目で珠子を見た。

「何にも」と珠子は言った。

「渡辺はもうバスケットボールをやめると言っていたよ」

「そう」

「何があったんだ？」

珠子の目をのぞき込むようにして、吉田が訊いた。吉田の茶色い瞳に映る自分の顔を珠子はじっと見る。

「渡辺くんにつきあってくれ、って言われたの」と珠子は言った。「断ったの」

「そうか」

吉田はため息をついて、空を見上げた。まばたきをして、珠子に視線を戻す。

「珠子は渡辺が嫌いなのか？」

「嫌いじゃないよ。友だちとしてつきあうのだったら」

吉田は短い髪を撫で上げると、大きく息を吐いた。

珠子は肩をすくめ、それから、コートで練習をしている高校生たちに目を向けた。

「あいつらと試合をすることになったの」

「試合？　ふたりしかいないのに」

「二対二でやるわ」

珠子はぽんとボールを弾ませた。

風が吹き抜けて、水たまりにさざなみがたった。

「珠子、ちょっと変だな」吉田の顔が厳しくなる。「何か賭けたのか？」

「試合に勝ったら、教えてあげる」

「負けたら？」

「わたしたちは、負けない」

きっぱりと言って、珠子はコートに向かって歩き始めた。吉田は入念にストレッチをして、バンダナを鉢巻きのように頭に巻いた。

二対二、と珠子が申し出ると、相手は受けた。

珠子が振り返ると、吉田がうなずいた。ボールを数回やり取りする。言葉のない会話だった。勝つのよ、と珠子は言い、勝つんだ、と吉田が言う。集中して、と珠子が言い、集中しろ、と吉田が言い返す。最後に吉田が遠くのゴールに向かって、フックショット
「ややこしいな」

を放った。鮮やかな弧を描いて、ボールはバスケットに飛び込み、ネットを揺らした。

ゲームが始まった。

こちらがゴールを決めれば、相手も決める、といった調子で進んだ。

少しずつ相手の当たりが強くなった。がんと肩をぶつけてボールをはじき飛ばそうとする。明らかにファールだったけれど、審判はいない。

吉田が体当たりされて、転び、足首を捻った。すぐに立ち上がったけれど、動きは鈍った。二点差のビハインドをなかなか取り戻せない。珠子は焦りを感じる。落ち着け、と吉田が声をかける。焦るな。

焦るわよ、と珠子は声を出して言い返したかった。負けたら、わたし、こいつらに酷《ひど》い目に遭わされるのよ。

逆転を狙った吉田のスリーポイントシュートが外れた。リバウンドを珠子が取った。振り向いて、吉田にパスを送る。受け取った吉田は、一瞬、躊躇《ちゆうちよ》した。シュートを放つタイミングは失われた。相手が両手を高く上げてブロックする。

珠子はとっさに右うしろに走り、ワンバウンドで吉田からのパスを受け取った。振り返る。ゴールがとても遠く感じられる。

シュートと吉田が叫んだ。

珠子はゴールに向けてボールを放った。

リングの上で二度弾んでから、ボールはバスケットのなかに入った。

ゲーム・セット。

一点差の辛勝だった。

高校生たちの顔に凶暴な表情が浮かんでいる。珠子は吉田の手をつかむと、コートから駆け出した。ベンチに置いていたバッグを取って、走る。追いかけてくる気配はなかった。

公園を出たところで足をとめると、吉田は荒い息を吐きながら、一体、なんなんだ、と珠子を問い詰めた。

事情を説明すると、吉田の顔色が変わった。バカヤロウ、と叫んで、いきなり頬を平手で張った。痛みよりも驚きの方が大きかった。珠子は頬に手を当てて、呆然《ぼうぜん》と吉田を見返した。

吉田自身も自分の行動にびっくりしているみたいだった。

「ごめん」と彼は言った。「殴って悪かった。でも、珠子、無茶だよ、そんな賭《かけ》をするのは」

「無茶なことはわかってた。でも、したかったのよ。どうしてって？　それはね、吉田くんがはっきりとしないからよ。吉田くん、君、わたしのことが好きなの？　わたしは、吉田くんのことが好きだ」

言ってしまって、珠子は初めて自分の気持ちがはっきりとした気がした。そうなんだ。わたしは吉田くんが好きなんだ。ずっと前から、初めて会った時から好きだったんだ。

「俺も珠子が好きだよ」

ぽつりと吉田は言った。

でも、渡辺の気持ちも知っていたから、と吉田は弁解するようにしゃべっていたけれど、珠子は聞いていなかった。珠子は吉田の額に手を伸ばして、指先で汗を拭ってやった。

吉田は口を閉じた。珠子、とかすれ声でつぶやいて、両手を肩に乗せ、珠子の体を引き寄せる。珠子は目を閉じて、吉田の吐息を感じると、目を開いて、ちょっと頭をうしろにそらせた。

「お返しよ」

そう言って、吉田の頰を平手で軽くたたいた。ぽかんとした吉田の顔がおかしくて、珠子は笑いながら、吉田の頰に唇を押しつけた。汗の匂いがかすかに鼻をくすぐった。

もう一度、今度は唇にキスをしようとすると、吉田が珠子を突き放した。

「渡辺だ」

つぶやいて、吉田は手を振った。嬉しそうな笑顔。振り返ると、渡辺が通りの向こうを歩いていた。シカゴ・ブルズのユニフォームを着て、ボールを小脇に抱え、リズムに乗ってステップでも踏む感じで大股に歩いている。

珠子たちに気がつくと、渡辺は小走りに駆け寄ってきた。軽くジャンプして、吉田と手を合わせる。パンと小気味の良い音が響いた。

珠子が手を差し出すと、渡辺は少し照れ臭そうに笑って、パンと手をたたいた。

「相棒たち」と渡辺はおどけた感じでふたりに言った。「こんなところで遊んでないで、早くコートに行って、ろくでもない奴らをたたきのめしてやろうぜ」

ふたりの相棒とバスケットボール・スペースに引き返しながら、珠子はラップミュージックのリズムが体の奥から湧き出してくるのをとても幸福な気分で感じていた。

家族が走る日

1

お元気ですか？　まあ、元気よね。君は体が丈夫なことが取り柄だから。

メッセージ、読みました。男だけの生活が不便だということはわかります。でも、自分が食べるものくらい自分で作れば？　将来のことを考えたら、今のうちに自活できるように訓練しておくのは、無駄ではないと思います。

ところで、祐介《ゆうすけ》、メッセージを書く時には適度に平仮名を漢字に変換してください。読みにくくて仕方がないから。変換キーを押せば、済むことでしょう？　君の物臭はパパに似たのかもしれないね。

さて、本題に入ります。

ママも近頃は態度が軟化しています。時々、パパのことを話したりして。でも、ママは強情だから、決してパパのことを許すとは言いません。

わたしが見るところでは、きっかけさえあれば、ママはパパとの関係を修復してもいいと思っているようです。

例のボーイフレンドの件、あれは、わたしの早とちりだったみたい。ただの友だちだと考えていいでしょう。ママだって、たまには、友だちと食事をして、気晴らしをしたって悪くはないわけだから。

提案。ママとパパの関係を修復するためのきっかけを、わたしたちが作ることにしませんか?

パパの最近の様子を知らせてください。

それから、祐介、君が先週、デートに誘った女の子はわたしのクラスメートです。はっきり言って、性格の悪い女です。彼女は君にデートに誘われた、とわざわざわたしに教えにきたんだから。可愛《かわい》らしい外見に騙《だま》されてはいけません。それでも、君が彼女の長い長いボーイフレンドリストの一番下に名前を書かれるのを望んでいるのなら、わたしは止めたりはしないけれど。まあ、頑張ってください。

返信はなるべく早く書くこと。

ではね。

仁美《ひとみ》はメッセージを打ち終わると、しばらく画面を見つめた。最後の方、クラスメートに触れたあたりが、少々、おばさん臭く、読みようによっては嫉妬深そうに思えたけれど、そのまま祐介に送ることにした。

パソコンの回線はネットワークに繋《つな》がれている。

パソコン通信でメールを送れば、確実に祐介に届く。手紙にすると、封も切らずに放り出しておくことがあるのだ。それだけならまだしも、封を切らない手紙をゴミと一緒に捨ててしまうことすらある。そんな物臭でいい加減な祐介もネット経由のメールだけは、毎日、必ずチェックする。オタクって、そんなものだよね、と仁美は思う。

パソコンのスイッチを切って、仁美は椅子に座ったまま軽く伸びをした。学校から帰ってずっと自室に籠《こも》っていた。CDからはモーツァルトの『魔笛《まてき》』が流れている。最近はモーツァルトの四大歌劇ばかりを繰り返し聴いている。

そろそろ夕食の支度を始める時間になっていた。仁美はちらりとベッドの横に置いた紙袋を見てから部屋を出た。

午後七時、テレビにはニュースを読み上げるアナウンサーが映し出されている。仁美はスパゲティを茹《ゆ》で始めるべきか、それとも、もう少しママの帰宅を待つべきか、迷っていた。

ハッシュドビーフ風のソースも出来上がっていたし、トマトとルーコラのサラダは冷蔵庫に冷やしてある。あとは、スパゲティを茹でれば、夕食は完成する。

問題はママを待つべきかどうかだ。

午後七時をすぎても帰ってこない時には、ママは外で夕食を済ませてくることが多かった。それはそれで構わない。別にひとりで夕食を食べるのが嫌なわけではない。困るのは、ママが外で食事をしてこなかった時だ。あら、仁美ちゃん、待っててくれなかったの、と恨めしげにママは言う。一緒に夕食を食べようと思って急いで帰ってきたのに。ママは勝手だ。大人は勝手なものだ、と仁美は思う。自分たちの都合ばかり考えている。でも、ママに悪気はないのはわかっているから別に腹も立たない。わたしは自分勝手な大人になるのはやめよう、と思うだけだ。

午後七時十分にスパゲティを茹で始めた。タイマーを七分にセットする。食卓に皿を並べ、冷蔵庫からサラダを取り出し、鍋のソースを温め始める。

七分後、タイマーの音が鳴ると同時に仁美はレンジの火をとめ、茹で上がったスパゲティを皿に移した。

ソースをかけて、食卓に運んだ時、ピンポーンとドアチャイムが鳴った。

なんという間の悪さ。仁美は舌打ちしながらエプロンを外し、玄関に出た。ドアを開けると、ママが、ただいまあ、と抱きついてくる。

「寂しかったでしょう? 仁美ちゃん」

ムッとする化粧と香水の匂い。ママは仁美を抱き締めて頰をこすりつけてくる。仁美は手をだらりと垂らして、されるがままになっている。十秒ほどの辛抱だ。過剰な愛情表現の儀式を終えると、ママは仁美から離れ、あー、お腹《なか》すいた、とつぶやいた。

「いい匂いがしているけど、今夜はなにを食べさせてくれるのかな？」

「スパゲティとサラダ」

仁美はぶっきらぼうに答える。ママのおかげでわたしのスパゲティは台無しになってしまったじゃないと抗議したい気分だ。もう十分遅く帰ってきてくれれば、あつあつのスパゲティを食べられたのに。

ママはハイヒールを脱いで、さっさと居間に入っていく。片方のハイヒールが横向きに倒れたのも気にする様子はない。万事大雑把な性格はうらやましいな、と思いながら、仁美はママのハイヒールを揃《そろ》えて、ドアに鍵をかけ、玄関の明かりを消して居間に戻った。

ママは居間にはいなかった。サラダのトマトをひとつつまんだ形跡がある。テレビはニュースからバラエティ番組に変えられ、音量が大きくなっていた。十人ほどの独身の男女が見合いをする番組で、ママはこの番組のファンだ。パパと別居してからは特に熱心に見るようになった。先週だったか、先々週だったか、バツイチ大会の出場者募集のテロップが番組の最後に流れて、あたしも応募しようかしら、とママは結構真剣な顔をして言っていた。

ママはまだバツイチじゃないじゃない、と仁美が言うと、そうだけど、バツイチにならないとも限らないじゃない？　とママはため息をつく感じで言った。

「パパとママが離婚したら、あなたたち、困るわよね？」

「別に、生活できれば、いいけど？」

「生活はできるわよ。仁美と祐介が困らないだけのものは、パパから貰《もら》うから。慰謝料と養育費。あなたたちが私立の医科大学に補欠合格して、気が遠くなるくらいの寄付金が必要になっても、ママがなんとかしてあげる」

「私立の医科大学に行く予定なんかないんだけど？」

「仮定の話よ。ママは仁美に私立の医科大学に行って欲しい、と思っているわけじゃないのよ。あなたたちに不自由はさせない、と言っているだけ」

「じゃあ、安心だ」

「安心よ。でもね、ママが心配なのは、あなたたちが離婚のせいで、精神的にショックを受けて、孤独になって、荒《すさ》んだ生活をするようになるんじゃないか、ということなの」

「荒んだ生活？」

「たとえば、夜な夜な渋谷とか新宿の怪しげなクラブに出入りして、お金欲しさの余り、ついふらふらと下着を売ったり、デートクラブとかで中年のおじさん相手に変なことをしたり」

「変なことって？」

「だから、変なことよ。わかるでしょう？」

「売春ってこと？」

「仁美ちゃん、あなた、ストレートに言うけれど、もしかして、そんなことしてないでしょうね？」

「馬鹿馬鹿しい」

「仁美ちゃんがそんなことをするようになったら、ママはもう生きていけないわ。あなたを殺して、ママも死ぬしかないわ」

「ママに殺されるのはやだな」

「あたしだって仁美ちゃんを殺したくないわよ」

「あのね、ママ、わたしは売春なんてしないから、異常な妄想に耽《ふけ》るのはやめてくれる？　ゆっくり寝ていられなくなるじゃない。夜中にふと目が覚めたら、包丁を持ったママが立っているなんて想像すると」

「そうね、そうよね、ママは仁美ちゃんを信用しているから。変なこと、考えちゃ駄目よね」

「そうそう。わたしは大丈夫だから。祐介はわかんないけど」

「祐介は大丈夫よ」

「そうかな？」

「だって、男じゃない」

「ママ、言っとくけど、最近、若い男も体売るんだって」

「祐介がそんなことをしたら、ママは……」

「冗談よ、ママ。祐介は潔癖症だから」

仁美は台所に入って、パスタ鍋に水を張り、火にかけた。そうしておいてから、食卓に戻って、スパゲティを食べ始める。固めに茹でたのに、スパゲティは早くも伸び始めている。ママのせいだ、と思いながら、仁美はフォークにスパゲティを巻きつける。

スウェットに着替えたママが部屋から出てきた。ビジネス化粧（派手めの化粧をママはそう呼んでいる）を落としていないから、ちょっと異様な感じがする。

ママはソファにどっかりと腰を下ろして、テレビを見始める。第一印象でカップルになったのは、誰と誰？　と聞かれても、仁美には答えることができない。

知らない、と言って、仁美はスパゲティを頬張る。

食事の時にテレビを見ない、という決まりが守られていたのは、いつの頃までだろう。仁美の記憶では、小学校低学年の頃は厳格に守られていた気がする。おばあちゃんがまだ生きていた頃だ。ママはその頃、独身時代から続けていた雑誌記者の仕事をしていた。仁美と祐介の世話はおばあちゃんがしてくれた。おばあちゃんが亡くなって、ママは雑誌の仕事を辞めた。

でも、半年もすると、ママはじっと家で主婦をしているのに飽きてしまって（ママは主婦に向いていないのだと思う）、翻訳の仕事を始めた。

家でできる仕事だから、いいでしょう？　とパパを口説いたようだ。

まあ、家事に支障がない程度だったら、とパパは言ったのだと思う。

パパは本当のママの性格を今ひとつ理解していないのではないか、と仁美は思う。

家でできる仕事だって、仕事にかかれば、ママは家のことなんか忘れてしまう。仕事に夢中になったら、家事なんかまったく顧みない。学校から帰って、洗濯機をのぞいたら、脱水まで終わって干すだけになった洗濯物がなかに入っているなんてこともしょっちゅうあった。

仕方なく仁美は家事をするようになった。

仁美ちゃん、お願いね、とママに言われたわけでもない。家のなかがごちゃごちゃしていたり、お腹がすいた時に、カップラーメンしか食べるものがない暮らしに耐えられなかっただけだ。

誰の遺伝なのか（たぶん、おばあちゃんだろう）、仁美は家事をこなすのが、苦痛ではなかった。料理や洗濯や掃除をしていると、なんか充実した気分になった。こういう性格は、損をする。結婚する相手には、絶対に知られてはならない、と仁美は思っている。

たぶん、ママが翻訳を始めた頃から、我が家ではさまざまな決まりが破られるようになった。食事時のテレビ、入浴の順番、パパの帰宅時間は遅くなり、ママは煙草《たばこ》を吸い始め、祐介はゲームマニアからパソコンマニアへの道を歩み始めた。

ママが翻訳した本はマスコミでちょっと評判になり、昔つきあいのあった雑誌社からエッセイを依頼されたのをきっかけに、完全に主婦業を放棄してしまった。今では、ママはエッセイストとして、雑誌に原稿を書いたり、テレビ番組にコメンテイターとして出演したり、講演やセミナーに出かけたりしている。

パスタ鍋のお湯が沸き始めた。

仁美は食べ終わったスパゲティの皿を流しに運び、ママのためにスパゲティを茹で始める。どうしてわたしが家事をしなければならないのだろうか、と悩んだこともあった。答はひとつしかない。他に誰もする人がいないから。

仁美は皿を洗い、明日の夕食はなにを作ろうか、と考え始める。煮込み料理がいいかもしれない。秋も終わりに近づいてきたから、温かい料理が一番だ。少し時間はかかるけれど、シチューにしよう。今夜はトマトソースだったから、明日はクリームシチューにしよう。

頭のなかにクリームシチューの材料をずらずらと思い浮かべているうちに、タイマーが鳴り始めた。

湯気をたてるスパゲティを食卓に運ぶ。

ママはビールを飲みながら、食い入るようにテレビ番組を見ている。

「後片づけは、ママの役目だからね」

「まかしておいてよ、仁美ちゃん」

と、ママは気軽に言うけれど、きっと汚れた皿は深夜になっても流し台に放っておかれるだろう。

眠る前に洗うつもりだったのよ、とママは言い訳するに決まっている。この人の性格はもう一生直らないだろうな、と仁美は思う。

ママが夕食を食べている間に、仁美は風呂に入る。念入りに体を洗って、ゆっくりと浴槽に浸《つ》かる。入浴ダイエットの記事を雑誌で読んでからは以前にもまして長風呂になった。

肌を掌《てのひら》で撫《な》でながら、もっとすべすべになればいいのに、と仁美は思った。すべすべになれば、いいことが起こる、と期待しているわけではないけれど。

仁美は手脚が長く、体には贅肉《ぜいにく》がほとんどついていない。胸が小さいのが悩みだ。誰かに揉《も》んでもらうのがいいんだって、と友だちは言うけれど、揉んでもらうにしても、もうちょっとボリュームがあった方がいいのではないか、という気がする。

ママの胸は大きくて、だから、自分の胸も遺伝的にはきっと大きくなるはずだ、と信じているのだけれど、絶対に大きくなるという保証はない。

湯舟に浸かって、胸を見下ろし、あーあ、とため息をつく。彼は胸の大きな女の子が好きなのかな？　とふと思う。

彼。名前を知らないから、彼、としか呼べない。彼を見かけたのは、ちょうど一週間前、朝早く目が覚めて、毎朝飲むミルクティ用の牛乳を買いに近所のコンビニに出かけた時のことだ。

まだ薄暗くて風は冷たかった。でも、とてもいい気分だったから、コンビニで牛乳を買ってから、少し遠回りをしてマンションに帰ることにした。

散歩なんて久しぶりだった。

朝は弱い方ではないけれど（そのかわりに早く眠る。仁美の就寝時間を聞くと、友だちはみんな、幼稚園児みたいと言う。今時は小学生だってそんなに早くは寝ないわよ）、朝食の支度をしたりで忙しいから、散歩に出かけることなんかない。

近くに広い公園があって、夏休みには時々、朝、散歩に行くけれど、学校がある時は無理だ。

公園まで行ってみよう、とうきうきした気分で思って、仁美は歩道を歩いていた。背の高い樹木が見え始め、樹木のすがすがしい香りが漂ってくる。ああ、いい気持ち、と両手を広げて、深呼吸をした時、うしろから靴音が聞こえてきた。

振り返ると、本格的なランニングウェアを着込んだ男の子が、足取りも軽やかに走ってきた。

息の乱れもなく、汗すらかいていない。たったたったたっ、と足音を響かせ、すっと仁美を追い抜いた。

かすかに汗の匂いがした、と思ったのは、気のせいかもしれない。

追い抜く時、彼は仁美に向かって軽く会釈をした。ちょいとごめんよ、と言ってるみたいな感じだった。

たったたったたっ、と彼は走り去っていく。

彼のうしろ姿を見ていると、なぜかはわからないけれど、ついていきたくなった。たったたったたっ、と走れたらいいだろうな、と思った。

公園の入口に入る時、彼は一瞬、振り返ってこちらを見た。おいでよ、と言っているようだ、と仁美は思った。少し足を速めて、入口に着いた時には、もう彼の姿はなかった。

残念。でも、たぶん、また会える。

仁美は公園には入らずに、マンションに戻った。たったたったたっ、と走る彼の足音がずっと耳のそばで聞こえ続けているようだった。

ざぶん、とお湯を撥《は》ね飛ばして、仁美は浴槽から出た。タオルで丁寧に体を拭う。バスタオルを体に巻きつけ、ふうと大きな息をついた。

会えるかな？　また。

鏡に向かって問いかける。鏡のなかの仁美は、気持ち悪いくらいにこにこと笑いながら、うなずいている。

2

しかし、仁美はおばさんみたいだよな。

数秒の差でこの世に生まれたからと言って、姉貴ぶるのもいい加減にしたら？　君の学校の女の子をデートに誘ったのは、ぼくではなくて、ぼくのクラスメートだよ。情報に翻弄されるのは、現代人の〝宿《しゅく》あ〟（変換不能。ぼくのワープロソフトに文字がない。変換キーをたたけば、すべてが変換できるわけではない）かもしれないけれど、裏を取るくらいのことはしたらどう？

オヤジは相変わらず、仕事が忙しいらしい。夜遅く帰ってきて、ぼくが学校に出かける時には、まだ眠っている。一日にせいぜい三時間ほどしか接触がないから、あまりよく知らないんだ。

でも、まあ、一応は、品行方正な生活だと思っていいだろう。ちなみに、君以外の女性から電話がかかってきたことはない。

オヤジとママの関係修復の件だけれど、どうしてぼくたちが尽力しなければならないのか、わからない。

わからないけれど、力を貸してもいいとは思っているよ。ぼくはもう家事をするのは、嫌だ。くだらないことに時間を取られるから、本だって読めやしない。

三日続けて、鮨《すし》の出前を取って、次の三日はピザを食べ、残りの一日は、レトルトのカレーを食べる一週間が、どれだけ味気ないものか、君にわかるだろうか？

家事に慣れろ、と君は言うけれど、ぼくは慣れたいとは思わないね。いいかい？　かのアインシュタインですら、体を洗う石鹼《せっけん》と顔を洗う石鹼の区別ができなかったんだぜ。そんなことは、わたしには複雑すぎる、と言ったそうだ。

サイエンティストとは、そういうものなんだよ。家事のシステムは、ぼくにとっては複雑すぎる。ＵＮＩＸの方がよほど理解しやすいよ。

そんなわけで、君の提案は了承した。

具体的にどうするのか、君の考えを聞きたい。

返信はなるべく早く、なんて書かなくても、これを読んだら、君はすぐにメールを書き始めるだろうね。

やれやれ、ご苦労なこった。

タン、と勢いよくキーをたたくと、パソコンは忠実に作動し始める。すべての事柄がパソコンのように論理的に動いていれば、世の中は楽なのに、と祐介は思う。でも、バグを抱え込んだパソコンだってあるしな。

午後九時をすぎてもまだオヤジは帰宅していない。大きなプロジェクトに取りかかっているのだ、と言う。地方都市に美術館を建てる計画があって、その設計コンペに参加するらしい。

ここ数年は個人住宅しか設計していないから、久しぶりの大仕事になる、と彼は張り切っている。

オヤジはもともと大規模な建築物が造りたくて、建築家になったらしい。高名な建築家の事務所に所属していた頃はそんなプロジェクトを手がけることができたけれど、独立してからは個人住宅の設計やリフォームの仕事ばかりで、フラストレーションがたまっていたのだ。

夢を抱いて独立したけれど現実はそんなに甘くない、ってことか。だけど、まだ仕事があるだけいいじゃない、と祐介は思うのだけれど、オヤジは満足していない。

たぶん、若い愛人を作って一騒動起こしたりしたのも、家庭から逃れたいという気持ちがあったせいだろう。

今から一年ほど前のことだった。オヤジの浮気がばれて、両親は相当に派手な喧嘩《けんか》をした。詳細は明らかではないけれど、祐介が得た情報（要するに、漏れ聞こえてきた両親の言葉）を総合すると、大体次のようになる。

母親にオヤジの浮気を密告する電話がかかってきた。どうもそれは、オヤジの愛人がかけた電話らしい。オヤジの愛人には会ったことはないけれど、相当に気の強い女のようだ。密告の電話が告げた場所（ホテルだったらしい）に母親が出かけていくと、オヤジと愛人がロビーで待ち合わせをしていて、部屋に入ったとたんに母親が怒鳴り込んだ、ということらしい。

この愛人騒動は三か月ほどごたごた状況が続き、結局、オヤジは愛人と別れた。でも、それですべてが丸く収まったわけではなく、それ以来、家庭内別居状態になり、半年前に母親は仁美を連れて、家を出ていった。晴れて完全別居状態になったわけだ。

母親がどうして仁美を連れて出たのか、祐介にはわからない。女同士、男同士、とごく単純に分かれた方がいい、と母親が考えたからかもしれない。母親は結構、単純な発想で行動する人なのだ。

君を残していったのは、家に帰る気があるからじゃない？　というのが、仁美の意見だ。別居を解消する気がなかったら、君も一緒に連れて出たと思うよ。

そうかもしれないな、と祐介も思う。両親が離婚しても別に構わないけれど、どちらか一方の親にしか会えなくなるのは、ちょっと嫌だった。一緒に暮らしていると、こうるさい母親だけど、たまには会いたくなる時だってあるから。

オヤジは完全別居状態になってから、それまでの家庭内別居状態の頃よりも元気になった。

同じ家にいてじわじわと精神的に痛めつけられるのが余程こたえていたのだろう。オヤジを苦しめようと母親が考えていたとしたら、家を出たのは失敗だった、と祐介は思う。

オヤジは母親と仁美が出ていってから、以前にもまして仕事の虫になった。

どうしてそんなに働くのか、と祐介は訊《き》いたことがある。

そうだな、とオヤジは少し考えてから答えた。慰謝料を準備するためかな?

冗談だよ、とオヤジはすぐにつけたしたけれど、結構本音ではないか、と祐介は思う。オヤジは仕事が好きなのだ。家族よりも仕事を愛している。仕事の邪魔になる家族がいなくなってくれるのなら、いくら金を払ってもいい、とオヤジは考えているのかもしれない。

まったく、と祐介は思う。ひどい父親もいたものだ。

けれど、そんなオヤジを祐介は嫌っているわけではなかった。たぶん、ひとつのことにのめり込む性格が似ているからだと思う。

でも、ぼくは最初から家族なんて作らない、と祐介はひそかに心に決めている。途中で放棄するくらいだったら、最初からやらなければいいのだ。

午後九時三十分、宅配ピザが届いた。

コーラを飲みながらピザを食べる。ひとりきりの夕食は味気ないけれど、気楽ではある。パソコンの前で食事をしても誰にも小言を言われない。母親がいた頃は食事は絶対に食卓で食べなければならなかった。

12インチのピザを半分食べたところでもう腹が一杯になった。カップ入りのサラダを無理矢理腹に詰め込んで食事を終える。

最近、食欲がない。身長は少しずつ伸びているのに、全然、体重が増えない。手足は細く、胸にはあばら骨が浮き出している。

青白い顔をした痩せ型のコンピュータマニアなんて、あまりに世間のイメージにそぐいすぎていて格好悪い。

祐介は机の引き出しのなかから、トレーニングマシンのパンフレットを取り出し、ぼんやりと眺め始める。

体を動かすのは苦手だ。でも、このままひょろりとした体で青年期をすごすのはもっと嫌だ。

自宅でできる筋力トレーニングか、とつぶやいて、祐介はパンフレットの検討を始めた。

とんとん、とドアがノックされた。

パンフレットを引き出しにしまって、祐介はちらりと時計を見た。午後十時をすぎたところだった。

「なに？」

と、ドアに向かって言う。

「開けていいか？」

オヤジの声だ。少し酔っている。

「いいよ」

ドアが開いて、オヤジが顔をのぞかせた。

「鮨、買ってきたんだけど、食べないか？」

機嫌は良さそうだ。

「うん」

「お茶、淹《い》れるから」

「あのさ、話があるんだけど」

「話？」

ちょっと警戒するような感じでオヤジは訊き返した。

「うん。重大な話なんだ」

「重大な話か」

オヤジは意味もなく天井を見上げる。どれくらい酔っ払っているか、確認しているみたいだ。まばたきをしてから、視線を祐介に向けると、緩んでいた頰を引き締めた。

「じゃ、鮨を食べながら聞くよ」とオヤジは言った。「着替えるから、居間で待っててくれ」

オヤジはドアを閉めると、自分の部屋に向かって廊下を歩き始める。古い家だから、足音がみしみしと響くのだ。

祐介はパソコンのスイッチを切って、引き出しからパンフレットを取り出すと、食べ残しのピザが入った箱と一緒に両手で持って部屋を出た。

居間のテレビがつけっ放しになっている。

オヤジは帰宅すると、すぐにテレビをつけるのだ。音がないと、寂しいらしい。祐介はリモコンでテレビの音量を小さくし、台所に入って、冷蔵庫に食べ残しのピザを入れ、缶入りのお茶を取り出した。

「お茶、熱いのを飲まないか？」

パジャマに着替えたオヤジが台所をのぞいて言った。

「いいよ、面倒だから」

「そうか」

「オヤジ、飲めば？」

「俺はビールにする」

お茶を淹れると、後片づけが面倒だ。急須から茶殻を取り出して洗うくらいだったら、缶入りのお茶の方がいい。ティバッグを使えば、楽だけれど、あいにくティバッグは切れていた。

「話って？」

缶ビールをぷしゅっと開けて、オヤジが訊いた。

うん、と祐介はうなずく。どのように話を展開すべきかを頭のなかで整理する。

その間、オヤジは包み紙を破って鮨折を開け、小皿に醬油《しょうゆ》を入れて、中トロをつまんだ。

「オヤジ、体重、どれくらいある？」

中トロを飲み下しながら、オヤジはちょっと嫌な顔をする。大体八十五キロくらいかな、と祐介は見当をつけていた。最近、また少し太ったから、九十キロ近いかもしれない。

「八十キロくらいじゃないかな？」

ビールを一口飲んで、腹のあたりをさすった。

「八十キロってことはないんじゃない？」

「うん、まあ、量ってないから、正確なところはわからないけど」

「九十キロはありそうだよ」

「そうかな？」

「腹も出てきたし」

「出てないだろう？」

ヒラメを口に放り込む。口の動きがさっきよりも多少鈍っている。しめしめ、と祐介は思う。この調子で責めてやれ。

「体が重そうだよ。それに、血圧だって高そうだしさ。まあ、仕方ないけどね、こんな食生活じゃ。オヤジは、酒も飲むしさ」

「なにが言いたいんだ？」

「つまり、ぼくたちはもっと健康管理をすべきじゃないか、と思うんだ。たとえば」

「食事？」

「それもある」

「宅配があるらしいぞ。ちゃんとカロリー計算してあって、栄養のバランスも取れていて、電子レンジで温めるだけでいいように調理してあるんだ。あれ、いいんじゃないか?」

「いいね」と祐介は言った。「でも、オヤジ、家で夕食食べる時間なんてないだろう?」

「それが、あるんだな」にっこりと笑って、赤貝を食べる。「例の美術館の設計プラン、ようやく出来上がったんだ。で、まあ、今夜はその打ち上げだ。ここのところ、ちょっとハードだったから、しばらくはのんびりと仕事をするよ。コンペに勝ったら、また忙しくはなるだろうけれど」

「そう。終わったの」

「ああ、一区切りついた。だから、これからは夕食も家で食べるよ」

「それはよかった。でも、問題は食事だけじゃない」

「わかってるよ。運動だろう? たしかにお前の言う通り、俺は太った。血圧も高い。気にしてないわけじゃない。で、一念発起して、ジムに通うことにした」

オヤジはソファの上に投げ出していたカバンを取りに行き、なかからパンフレットを取り出した。

「設備は整っているぞ。プール、エアロビ、マシン、ラケットボール、インドアゴルフ練習場。お前も家族会員にしたから、いつでも利用できる」

「ぼくも?」

「ああ、お前だって運動した方がいいだろう？　結局のところ、体力勝負だからな」

「ぼくも体を鍛えた方がいいとは思うんだけれど」

「そうだろう？　意見が一致したな。とりあえず、週末には一緒にジムに行こう」

「でも、ぼくはジムに通うよりも自宅で運動をした方がいいんだけれど。ジムに通う人ってちょっとマニアックじゃない？　いきなりマッチョマンのなかに入ったら、気おくれしそうだしさ」

「そんな弱気でどうするんだ？　誰だって最初は初心者じゃないか。俺だってこんなにぶよぶよの体を人目にさらすのは嫌だよ。だけど、その恥ずかしさをバネにしないと、体なんて鍛えられない」

「そうかな？」

「そうだよ。お前、知らないかもしれないけれど、うちの物置には健康器具が一杯あるんだぞ。みんな新品同然だよ。一度か二度使ってすぐに御払い箱。自宅でトレーニングなんてよっぽど意志が強くないとできないんだ。俺には無理だね」

ぼくにも無理かもしれない、と祐介は思った。スポーツジムに通うのは面倒だけれど、専門家のメニューにしたがってトレーニングした方が効果は上がるだろう。仕方ない、つきあうか、と祐介は取り出しかけていたトレーニングマシンのパンフレットをまるめて、ゴミ箱に捨てた。

「で、お前の話というのは？」

「いいよ、もう終わった」

「つまり、俺の健康のことを考えてくれていたわけか……」

言葉が途切れて、ふと見ると、あらかた食べ終わった鮨折を前にして、オヤジが目をうるうるさせている。この人は気分がハイになると、やたらと感動してしまうのだ。

「そんなわけじゃないけど」

「いいんだいいんだ、照れなくても。親子じゃないか」

「オヤジ、泣いてるの？」

「ワサビが目に染みたんだ」

オヤジはビールをごくごくと飲み干す。

祐介は鮨折を開けて、玉子とイクラを食べてお茶を飲む。

「あのさ」と祐介は言った。「オヤジの愛人て、エアロビのインストラクターかなにかだったよね」

「その話はしないでくれ」

「愛人がいるジムじゃないだろうね？」

「祐介、俺は女は好きだけれど、今は謹慎中だ。別れたガールフレンドがいるジムに通うわけないじゃないか。そんなことしたら、本当に離婚されてしまう」

「離婚する気はないの？」

「ない」

きっぱりとオヤジは言って、祐介の鮨折からウニと中トロを奪い取った。

「俺はね、祐介、母さんを愛しているんだ」

「だったら、迎えにいけば？」

「いや、そうはいかない」オヤジはアナゴをつまむ。「俺たちだけでもちゃんと生活ができることを示さなければならない。だって、そうだろう？　生活に不便だから戻ってきてくれ、と言ってるんだと思われたら、俺は立つ瀬がない」

「ぼくは結構不自由してるんだけどな」

「母さんは家政婦じゃない」

「母さんが家事をするわけじゃないよ。仁美がしてるんだ」

「仁美はいい娘だなあ」

「ねぇ、オヤジ、しみじみするよりも、洗濯機に溜《た》まった汚れものをなんとかした方がいいと思うんだけど？」

「お前、洗濯もできないのか？」

「オヤジだってしないじゃないか」

「明日、やる。明日は休みだからな。掃除をして洗濯をして、それから、スポーツウェアを買いに行く。いいな？」

「いいなって、俺も行くわけ？」

「親子だろう？　一緒に家事をして、喜びを分かち合おう」

やれやれ、と祐介はため息をついた。オヤジは二本めの缶ビールを開け、祐介の鮨折を手元に引き寄せて食べ始めた。

幸福な人だよな、と祐介はつくづく思う。

「後片づけは頼むよ」

言い残して、祐介は居間を出た。

両親の別居解消のためにきっかけを作る、という仁美の提案を真剣に考えた方がいいかもしれない。テレビの音が急に大きくなり、オヤジの笑い声が響いた。どうしてオヤジがこんな状況でも無邪気に笑っていられるのか、祐介には理解できなかった。

3

「それはいいことかもしれないよ」

仁美は言った。

公園のベンチに祐介と並んで座っている。祐介はまた少し背が伸びたようだ。相変わらず青白い顔をして、分厚い本を抱えている。コンピュータ関係の本だ。こんなところを友だちに見られて、デートをしていると誤解されたら、迷惑だな、と思った。

「ママはジョギングを始めたしね。パパがジムに通っているなら、口説けば、絶対に大会に出るよ」

「しかし、ぼくはママがジョギングを始めたなんてどうしても信じられないんだけれど」

「『マイ・ライフ』って知ってる?」

「歌だろう?」

「映画。母親が思い立って、マラソンをするわけ。ラストが感動的なのよ」

「へろへろになりながらも完走しましたってパターン?」

「そう。ビデオをママに見せたわけ。で、ママは、わたしも頑張るって、翌日にはシューズとかウェアとか買ってきた」

「単純な性格」

「ひねくれてるのは、君だけよ」

祐介はぷいと横を向いた。彼の視線の方向には、バスケットボールのコートがある。夕暮れの光のなかに、スリー・オン・スリーに興じている人の姿がシルエットのように浮かび上がっている。

　さっきから、祐介はバスケをやっている女の子が気になって仕方がないようだ。男の子みたいに髪の毛を短くして、ちょこまかと動き回る女の子。高校生だろう、と仁美は見当をつけている。祐介は年上の女が好みなのかもしれない。

「だけど」と祐介は言った。「いきなり十キロも走るのは、無理じゃないの？」

「無理だからいいんじゃない。楽勝で走れたら、意味がないじゃん。苦労して苦労してゴールにたどり着くから、感動的なわけでしょう？」

「まっ、走るのはオヤジとママだからいいけど」

「なに寝ぼけたこと言ってんのよ。君も走るのよ。家族全員で走るのよ」

「冗談はよしてくれよ。そんなことしたら、ぼくは死ぬよ」

「死なないように今からトレーニングしておいたら？」

「マシンはやってるけど」

「走るのよ」と仁美は言った。「いい？　君だけ参加しないなんて許さないからね」

　祐介は肩をすくめ、大袈裟《おおげさ》にため息をついた。バスケットボールのコートに目をやり、信じられないな、とつぶやいてから、立ち上がった。

「帰るの？」

「帰るよ。十キロ走ると考えただけで気分が悪くなった」

「大会は来月の二十日だから。手続きはわたしがしておく」

ああ、と生返事をして、祐介は去っていく。やや猫背。しっかりしろよ、と背中をたたいてやりたい。

仁美はベンチから立ち上がって、祐介とは逆方向に歩き始めた。早朝のジョギングを始めて、三週間がたっていた。体がとても軽く感じられるようになった。始めた頃は五分走っただけで気を失いそうになったけれど。ママもようやく三十分は走れるようになった。なかなかの上達ぶりだ。来月の二十日まで、あと約一か月。ゆっくりとしたペースで走れば、十キロは無理ではないだろう。


「よう、祐介」

声をかけられて振り返ると、柔道着を肩に担いだ健太が立っていた。小学校の時の同級生だ。違う中学に進学して、疎遠になってしまったけれど、小学校の頃は仲が良かった。

「久しぶりだな」と祐介は言った。「練習か？」

「ああ、もうやめたいと思っているんだけれど、頑固親父《おやじ》がうるさくて」

健太はコーチのことを頑固親父と呼んでいる。長いつきあいだから、本当に親父のように思っているのかもしれない。

「お前、痩せたんじゃないの？」

「そんなこと、ないよ」

健太はひと回り体が大きくなったようだった。肩幅も広いし、腕も太い。健太の体を見ていると、ひょろりとした自分の体が情けなく思えてくる。

「パソコンばっかやってるからじゃないの？　お前も柔道、やらない？　練習生が少なくてさ、ちょっと寂しいんだ」

「ぼくは走るんだ」

祐介は言った。言葉に出すと、本当に走る気になった。そうなんだ、ぼくは走るんだ。

「走るのか？」

からかうような口ぶりで言って、健太はじろじろと祐介の体を見回した。「本気？」

「本気だよ」と祐介は胸を張って言った。「来月の市民マラソン大会に出るんだ。十キロの部だ」

へぇー、と健太は声を漏らした。

「じゃあ、俺、応援に行くよ」

「わざわざ来なくていいよ」

「いいっていいって、友だちじゃん」

健太は祐介の肩をぽんぽんとたたいた。軽くたたいているつもりなのだろうけれど、結構痛かった。

「じゃあ、俺、練習だから」と健太は言って、体育館に続く階段を上りかけた。「お前、走るのもいいけど、柔道もいいよ。やんない？」

やらない、と首を振ると、健太はにやりと笑った。じゃあな、と右手を上げ、階段を駆け足で上がり始めた。

明かりの灯《とも》った体育館から時折、バレーボールの音やかけ声が響いてくる。楽しいのだろうか、と思いながら、祐介は体育館を見上げた。健太はもう階段を上がりきり、体育館に入ろうとしていた。

走るんだ、と祐介はつぶやいた。

スーパーマーケットで買い物をして、外に出ると、ぽつりと雨が落ちてきた。早く帰らなきゃ、と思った時に、誰かと肩がぶつかった。左手に持っていたスーパーのビニール袋が落ちて、ヨーグルトのパックが飛び出した。

「悪い」声がして、さっとスーパーの袋を拾い上げる。「ごめん、ちょっと急いでいたから」

日に焼けた男の子がスーパーの袋を差し出した。どこかで見かけたような顔だけれど、どこで見たのか、わからなかった。男の子はテニス用の大きなバッグを肩にかけている。

「玉子、割れてない？」

　仁美は袋のなかをのぞいた。大丈夫、割れてない。仁美がうなずくと、彼はヨーグルトのパックを差し出した。

「本当にごめんね」

「いえいえ」

　男の子からヨーグルトを受け取って、袋のなかに入れる。

　公園で見かける彼かな、と仁美は一瞬、思った。背の高さは同じくらいだった。でも、彼ではない。目の前にいる男の子の方が、スリムだ。

「貴《たか》ちゃん」と横から声がした。「早よ行かな、遅れるで」

　関西弁を使う、これまた背の高い男の子がうしろから現れた。

　すぐに行くよ、と男の子は応えて、仁美に向かって、じゃあ、と手を上げ、くるりと背中を向けた。白い歯が綺麗《きれい》で、とても清潔な感じだった。

　ふたりの男の子は、なにか話しながら、人混みのなかに消えていった。

　仁美は細かい雨が降り始めた空を見上げてから、ため息をひとつついて、マンションに向かって、歩き出した。

「仁美」

　誰だ、親しげに名前を呼ぶのは？

「仁美、ここだよ」

路肩に止まっていた車の窓から顔を出したのは、パパだった。スーツを着ているところからすると、仕事帰りなのだろう。

「乗っけてくれる？　マンションまで」

「もちろん」

助手席のドアが開いた。仁美は車道に降りて、車に乗り込む。助手席のシートは目一杯うしろに下げられている。結構、結構、と仁美は思う。助手席には祐介以外は座っていないようだ。座席を目一杯うしろに下げるのは祐介の癖だから。

「仕事帰り？」

「デートだったら、母さんに言いつけるつもりか？」

車がゆっくりと走り始める。雨足が急に強まり、ワイパーの動きがあわただしくなる。

「告げ口はしないよ」

「告げ口されて困るようなことはしていないんだ」

パパはダッシュボードの上からガムを取って、片手で包み紙を取ろうとする。仁美はパパの手からガムを取り上げると、紙を剝《む》いて、パパの口に放り込んだ。

「優しいなあ、仁美は」

「煙草、やめたの？」

「最近、スポーツジムに通い始めたんだ。煙草を吸うと、苦しいからね、自然に吸わなくなった」

「感心、感心」

パパはハンドルを切って、交差点を左に曲がる。マンションまでの道筋を教えなくてもよさそうだ。もしかすると、と仁美は思う。パパは時々、マンションのあたりまで来ているのかもしれないな。

「ママはジョギングを始めたんだよ」

「へぇ」

「あのさ、パパ、祐介には言ったんだけれど、来月、市民マラソン大会があるから、十キロの部に出ない？」

「出ないって？」

「だから、パパ、走らない？」

「それは、ちょっとな。走るのは、苦手なんだよ。ジムでは泳いでるんだ」

「ママも走るんだよ。祐介もわたしも」

「祐介が？」

「そう。さっき口説いたの。家族みんなで十キロ走るのもいいんじゃないかって。だから、パパも」

「十キロか。大変だな、それは」

どうして我が家の男たちは同じようなことを言うのだろう？

路地を右に曲がると、一方通行の道に出る。二百メートルでマンションに着く。

「どう？　パパ、いいでしょう？」

「十キロか、もうちょっと短い距離だったらなあ」

「いいじゃない。ね？　五キロも十キロも走り始めたら一緒なんだし」

ヘッドライトの明かりのなかに人影が浮かび上がる。傘もささずにうつむいて歩いているのは、ママだった。

「止めて」と仁美は叫んだ。「ママだ」

急ブレーキの音。パパは驚いたような顔で仁美を見ている。仁美はドアを開けて、上体を乗り出した。

「ママ、乗ってかない？」

ママもびっくりした顔をしている。運転席にいるのがパパだとわかった瞬間に、表情が硬くなった。

「歩いていくわよ」とママは近づいて来て言った。「すぐそこだから」

「久しぶりだね」とパパがママに言った。「元気そうじゃないか」

「あなたこそ。さぞ別居生活を満喫していらっしゃるんでしょうね」

「お陰様でね。君の方だって、自由気ままにやってるんじゃないのか？」

「でも、わたしは年下の愛人なんて作りませんから」

「ママ」と仁美が割って入った。「パパも十キロ、走るんだって」

「あら、そう」

「濡《ぬ》れるから、乗ったら？　風邪、ひいちゃうよ」

「いいのよ、ママは。どうせもう濡れているんだし。それより仁美、パパに十キロは走れないと思うわよ。運動なんかしたことがない人なんだから」

「ジムで泳いでるんだって。煙草もやめたし。ね？　パパ」

「まあね」とパパが言った。「十キロくらいなら、走れると思うよ。最近、体の調子もいいしね」

「じゃあ、パパ、大会に出てくれるのね？」

「ああ、いいよ」

「仁美」とママが口をはさんだ。「パパを簡単に信用しちゃ駄目よ。口だけなんだから。信用したら、裏切られるのが落ち」

「仁美」とパパが勢い込んで言った。「パパを信用してくれていいよ。君との約束は絶対に守るから」

「あら、調子がいいのね」とママがからかうように言った。「まあ、どうせ来月になれば、仕事が忙しいとか言って、逃げ出すんでしょうけどね」

「来月になれば、飽きっぽいママはもう走る気をなくしているかもしれないけど」

「わかった」と仁美は大声で言った。「喧嘩はやめてよ。パパ、送ってくれてどうもありがとう。一緒に夕食を食べたかったけれど、またの機会にね」

仁美は車を降りてドアを閉めた。雨が顔に降りかかる。ママはずぶ濡れだった。

「ママ、行こう」と声をかける。「本当に風邪をひいちゃうよ」

「風邪なんかひかないわよ。あたしはね、仁美、今、決意したんだから。絶対にパパに勝ってやる」

運転席の窓が開いて、パパが顔を出した。

「気をつけて、仁美。じゃあ、来月」

軽くホーンを鳴らして、車が走り始めた。サァー、と濡れた路面からタイアが雨水を巻き上げる音が響く。

「ね？　仁美、わかるでしょう？　あの人の冷たさが。こんな雨なのに、傘も持っていない妻と娘を路上に放り出していくんだから」

そうさせたのはママじゃない、と思ったけれど、仁美は口には出さなかった。行こうよ、ママ、と声をかけて歩き始める。髪の毛の先から雨粒が滴り落ち始めていた。

走るぞ、と帰宅するなり、テレビもつけずにオヤジが言った。

ソファに寝転がって雑誌を読んでいた祐介は、上体を起こして、はあ？　と訊き返した。

「走るんだ」とオヤジは繰り返した。「十キロだ。明日からトレーニングだ」

「なにがあったの？」

「仁美に会ったんだ。市民マラソン大会の話を聞いた。祐介も走るんだってな」

「まあね」

祐介は雑誌をテーブルに置いた。ジョギングでダイエットという記事があり、初心者向きに走り方が詳しく説明されていた。

記事によると、まず、五分走って、十分歩き、それを苦しくない程度に繰り返すところから始め、少しずつ走る時間を長くするのがいいらしい。

ゆっくりとしたペースで一時間走れるようになるのを目標にしましょう。

ダイエットには興味がないけれど、この走り方だったら、一か月後には十キロ走れそうな気がした。

苦しくなったら、すぐに走るのをやめて、歩くこと、というアドバイスがいい。十キロ歩けばいいのだ、と思うと、なんとかなりそうな気がしてくる。

「オヤジ、本気で走るつもり？」

「ああ、本気だ。母さんには負けられないからな」

オヤジはきっぱりと言って、冷蔵庫から缶ビールを取り出し、プルリングを引き抜きかけて、途中でやめた。

「今夜から禁酒だ」

つぶやいて、冷蔵庫に缶ビールを戻す。

「あんまり張り切りすぎると、体に毒だよ」

祐介は雑誌をオヤジに渡した。走り方を説明するページを開いて見せる。オヤジは雑誌を手に取ると、最初は立ったまま、ページをめくるうちに椅子に腰を下ろして、熱心に読み始めた。

「お茶、飲む?」

祐介が訊いてもオヤジは返事もしなかった。祐介はお湯を沸かしてお茶を淹れ、湯飲み茶碗をオヤジの前に置き、自分の部屋に戻った。

早く寝て、と祐介は思っていた。明日の朝からトレーニングを始めよう。

4

調子はどう?

オヤジはジョギングに夢中になっているよ。ジムでも筋力トレーニングをしているみたいだ。

ぼくたちの食生活も変化した。野菜を多めに、肉類は控えめに。オヤジはなんでもかんでも茹でて食べている。彼は凝るタイプだからね。三週間で、随分、体重が減ったんじゃないかな? 近頃は、腹も目立たなくなった。やりすぎじゃないか、とちょっと心配だ。セーブしろって言っても、聞かないんだ。

ぼくも少しトレーニングしている。でも、まだ十キロ走ったことはない。今度の日曜日、大会コースを走ってみようかと思う。

生活が健康的になるのは、悪くないけれど(ぼくたちは家事をするようになった。信じられる?)、オヤジは母さんには絶対に負けない、と口癖のように言ってるばかりで、別居の解消なんて考えてもいないようだ。

いいのかな? これで。

まだ暗いうちに目が覚めた。

ベッドから抜け出して、ジョギングウェアに着替える。部屋を出て、台所でミネラルウォーターをコップに一杯飲んで、タオルを首に巻き、玄関に向かった。

オヤジはまだ眠っているようだ。

シューズをはいて外に出ると、冷たい空気が体をすくませた。体が温まるまでは、走らない。眠っていた体が目覚めるには時間がかかる。だから、朝走るよりも午後か夕方走った方がいい。

手足をぶらぶらと動かしてから、祐介は川沿いの道に向かって歩き始める。吐き出す息は白い。東の空がようやく明るくなり始めていた。

大会のコースは、公園の広場が出発点となる。体育館を回り込み、野球場を右手に見ながら、川に向かってまっすぐ進み、川沿いの道を下流の方向に約一キロ、そこから左に折れて、テニスクラブに続く坂を上り、坂を下って、あとはまたまっすぐに公園に戻る。

祐介の家からは、公園よりも川沿いの道の方が近い。コースはどこから走り始めても一緒だから、祐介は川沿いの道を試走のスタートにした。

新聞配達や犬の散歩をしている人とすれ違う。こんなに朝早い時間から町を歩いている人がいるのは、驚きだ。コンビニエンスストアの前にはマイクロバスが止まっていて、ゴルフバッグを持ったおじさんたちが楽しそうに話をしながら、煙草を吸っている。たぶん、これから、どこかのゴルフ場に行くのだろう。

祐介は少し歩くペースを上げた。

川沿いの道に出るまでに体を温めておきたかった。両腕を前後に大きく振り、歩幅を広くする。一月《ひとつき》前に買ったシューズは足に馴染《なじ》んでいる。踵《かかと》から路面に下ろし、爪先で蹴り上げるようにして歩を進める。

少しずつ頭がはっきりとしてくる。体がじわじわと目覚めるのが、わかる。ゆるやかな坂を上り、川が見え始めた時にはすっかり体の準備が整っていた。

土手に上がって、しばらく歩き、市営の河川敷ゴルフコースが見え始めると、立ち止まって、道路脇でストレッチを始めた。

念入りに足や腕、肩のストレッチをしていると、雲の切れ間から朝日が射して来る。いい天気になりそうだ。額ににじむ汗をタオルで拭い、深呼吸をして、祐介は多機能腕時計をセットする。腕時計には、祐介の歩幅があらかじめ入力してある。腕時計が知らせるペース音に合わせて走っていれば、どれくらいの距離を走ったか、消費エネルギーがどれくらいか、たちどころにわかる仕組みだ。

腕時計のスタートボタンを押して、祐介は走り始める。ペースはとてもゆっくりとしたものに設定してある。歩くよりも少し早い程度だ。

最初の五分は、腕時計のペース音を聞きながら走る。ペースをつかんだところで、音を消す。ちょっとペースが狂ったかな、と思うと、ペース音を鳴らす。そんなふうにして、できるだけ同じペースで走ることを心がけている。

時計に合わせて走るなんて邪道だ、と最近、精神主義的になったオヤジは言う。走る時くらい数字を忘れたらどうだ？

ペースを守って走っている方が体も楽だし、気分もいい、と祐介は思う。でも、オヤジには理解してもらえない。根性だ、とか、忍耐だ、と言って精神主義でスポーツをする人は、いずれ体を壊すし、トレーニングの効果も上がらない。

ピッピッピッと電子音に合わせて、足を進める。体調はいい。これなら十キロを完走できるかもしれない。祐介は息が乱れないように気をつけながら、正確にペースを守って走り続けた。

ゴルフ場の方から土手を駆け上がってくる少年の姿が見えた。アイアンを一本、右手に持ち、左手にはボールを入れたビニール袋を持っている。

少年は土手の上で一度、コースを振り返った。コース整備のおじさんがなにか怒鳴っている。少年はぺこりと頭を下げて、道を横切り、住宅街の方へと走っていった。

川沿いの道は約一キロ。

このあたりは景色がいい。朝日を受けてきらきらと輝く川、ゴルフコースの芝はもう茶色くなりかけているけれど、視界が開けていて解放された気分になれる。道も平坦で走りやすい。向かい風が吹かなければ、楽に走れるだろう。

川沿いの道を左に折れて、住宅街を抜けると、坂になる。かなりきつい坂だ。ここが一番の難所かもしれない。公園からスタートすると、このあたりで疲れが出るだろう。舗装路を長く走ると、踵や膝に負担がかかる。坂を上る頃には、膝ががくがくになっているかもしれない。

少しペースを緩めて、腕の振りを大きくする。ランナーが腕を鍛える理由が近頃祐介にもわかってきた。腕の振りが使えると、かなり走るのが楽になるのだ。けれど、鍛えてなければ、必要な時に腕を振ることができなくなってしまう。マニアックな人たちは、腕に負荷をかけて（ウェートをつけたりして）走るそうだ。ぼくもそうすればよかったかな、と思っているうちに坂を上りきった。

テニスクラブの瀟洒《しようしや》な建物が見える。緑鮮やかなコート、敷地は広く設備は整っている。母さんがスクールに通ったテニスクラブだ。三か月通って、結局、上達せずにやめてしまった。母さんは飽きっぽいのだ。

下り坂はスピードが上がるけれど、足の負担も大きくなる。できるだけそっと足を下ろそうとする。でも、うまくいかない。ここではペースを考えるのはもう無理だろう。膝を痛めないように気を配るだけで精一杯だ。

坂を下りきれば、あとは直線コース。道幅も広くなる。街路樹が植えられた道をまっすぐに公園に向かう。

当日は車道を走れるのだろうか？　と祐介は思う。公園周辺は交通規制をして、車を入れないようにする、と聞いてはいる。確かめなければいけないな、と流れる汗をタオルで拭いながら思う。

息が苦しくなってきた。日の光を背中に浴びているせいかもしれない。今日は本当にいい天気だ。空気は冷たく、乾いている。秋らしい空と雲。どこかにピクニックにでも出かけたいような天気だ。

祐介は腕時計をちらりと見て、ペース音を鳴らした。少しペースが早くなっている。電子音に合わせて歩調を整える。

やがて公園の樹木が見え始める。

公園の周囲を取り囲むように立ち並んでいる背の高い樹木。ジョギングをする人の姿も目立ってくる。黙々と走っている人、二人連れで話をしながら走っている人、見るからに走り込んでいる人、走り始めたばかりの人、みんな、ライバルに思えてくる。

公園に入り、ジョギングコースを広場へと向かう。うしろから追い抜く人のペースに惑わされないように、と気をつけていても、つい走りが早くなってしまう。本番では、ペースを守るためによほど注意深く走る必要がある。大会に出場した経験のない人は周囲に巻き込まれ、自分のペースを崩してしまうことが多い、と雑誌にも書いてあった。いきなりハイペースで走り始めると、十キロを完走できなくなってしまう。早く走ることが目的ではなく、完走することが目的なのだ。

ようやく広場にたどり着いた。

中央に噴水があり、銀色に輝くしぶきを巻き上げている。

噴水のまわりには犬を連れた人たちが集まっている。少し離れた場所では、ローラーブレードに興じる若者たちが手作りのジャンプ台を使って次々に宙に舞っている。

祐介は軽く足踏みをしながら、広場を見回し、腕をまっすぐに上に伸ばした。すっと息が体の奥にまで入っていく感じがした。

まだ大丈夫だ、と思う。

少しペースを落として走り始める。公園の広場から野球場に向かって、大勢の人々に混じってスタートを切るところを思い浮かべる。飛び出していくランナーたち。にこやかな笑みを浮かべて手を振る応援の人たち。一斉に走り始めた人々の息遣いが耳もとで聞こえるようだった。

野球場では、早朝野球を楽しむ人たちが白いボールを追いかけている。フェンス越しにそれを見ながら、走り抜けようとした時、祐介は向こうから走ってくるふたり連れに気がついた。

ピンクのジョギングウェアを着て、髪の毛をポニーテールにした仁美が、紺色のランニングウェアを着た高校生くらいの男と並んで走っている。

やばいな、と祐介は思った。けれど、身を隠す場所はない。

ふたりとの距離はどんどん縮まる。

仁美も祐介に気がついたようだ。空気が急に固い壁に変わった感じだった。ふたりがとてもゆっくり走ってくるように見える。

どうしよう？　おはよう、とでも挨拶しようかな？

心臓がどきどきし始める。別にいいじゃないか、と祐介は思う。仁美がデートをしていたって。

すれ違った。

仁美はずっと正面を向いたままで目を合わせようともしなかった。並んで走っている男の方が軽く目礼をしたように思えた。すれ違う時に目礼をするジョギング愛好者は多い。

祐介は足下に目を向けて少しペースを早めて走る。二十メートルほど走って振り返った。

双生児はこんな時に同じ発想をするのかもしれない。

仁美も振り返ってこちらを見ていた。口もとにちょっとだけ自慢そうな笑みが浮かんでいた。

と、その時、なにかに足を取られて祐介はバランスを崩し、転びそうになった。

「すいません」と女の子の声がした。「大丈夫ですか？」

「大丈夫」

と、答えて、見ると、サッカーボールが転がっている。祐介はボールを拾って、女の子を振り返った。

フェンスの向こうに女の子と野球のユニフォームを着た男の子が立っていて、ごめんなさい、と頭を下げた。

「いいよ、大丈夫だから」

祐介はサッカーボールを投げ返す。フェンスを越えて、ワンバウンドしたボールを男の子が足で止めようとして失敗した。

ボールはグラウンドを転がり、審判がタイムを宣告すると同時に、忠太、サッカーは別の場所でやれ、とベンチから声がかかった。

悪い悪い、と言いながらサッカーボールを拾いに行く男の子の背中を、元気の良さそうな女の子が、しっかりしろよ、と平手でたたいた。

祐介はもう一度、うしろを振り返った。仁美の姿はもう見えなくなっていた。ふう、と息を吐き出して、祐介はまた走り始める。金属バットがボールを捕らえるかん高い音が響いて、フェンスの向こうから、歓声が湧き上がった。

5

試走はどうだった？　結構、楽そうに走っていたじゃない。それから、祐介、勘違いしないで欲しいんだけれど、あの時、一緒に走っていたのは、ただのジョギング友だちだから。ま、コーチみたいなものかしら。祐介が妙に緊張しているみたいだったから、紹介できなかったけれど、また会う機会はある、と思うよ。

ママは相変わらず張り切っています。この前なんか一泊で講演の仕事に出かけるのにジョギングウェアとシューズを持っていったくらいだから。

こんなに盛り上がって、大丈夫？　と思ってしまいます。

大会が終わると、気が抜けて、どっと疲れてしまうのではないか、と少し心配。

でも、まあ、なるようになるでしょう。

君たちが家事をするようになったのは良い兆候だね。自活できるっていうのは男の最低条件だからね。

大会まであと三日。

パパとママが同時にゴールインできれば、一番いいな、と思っているわたしは、甘いかな？

諸君の健闘を祈りながら、わたしはひとりでも完走するぞ。

学校から帰ると、ママは早々と帰宅していて、食卓にはパスタがどっさり置かれていた。走る日の前日には、消化の良い炭水化物を摂《と》るのがいい、とどこかで聞いてきたらしい。ママが夕食の支度をするから、仁美はゆっくりとしてらっしゃい、とママはいつになく母親らしい発言をした。

部屋に入って着替えを済ませ、CDをかける。『コシ・ファン・トゥッテ』。なんだか落ち着かない気分だった。

明日の準備はすっかりできている。ウェアや靴下、下着まで用意している。もう一度点検して、ベッドに寝転がった。

「楽に走ればいいんだよ」

と、加藤《かとう》くんはアドバイスしてくれた。

彼が公園を走っているのは、ジョギングが好きだからではなく、ボクシングのトレーニングとしてだそうだ。

あの日、十日ほど前の早朝、仁美はジョギングに出かけた。彼と会えるのを期待していなかったわけではない。彼に会うことよりも走ることが目的だった。十キロなんて軽い軽い、と思っていたけれど、大会が近づくにつれて不安が増した。本当に走れるだろうか、途中で疲れて一歩も動けなくなるのではないか、そんなことばかりが頭に浮かんだ。

その日は小雨が降っていて、早朝の公園は静まり返っていた。ひとりで走っていると、不安になるくらい静かだった。誰かに襲われたらどうしよう、と仁美は思った。

ジョギングコースの半ばに差しかかった時、うしろから足音が聞こえた。たったたったたっ、と小気味良いリズムを刻んで、近づいてくる。

追われるような気分になって、仁美はペースを早めた。でも、足音は遠ざからない。仁美はまたペースを上げた。ほとんど全速力で走っているようなものだった。

それでも足音は近づいてくる。もう駄目だ、と仁美は思った。わたしは変質者に襲われて、殺されてしまうかもしれない。

「ペースが早いよ」

うしろから声が聞こえた。

振り返ると、走っているのは、変質者ではなく、彼だった。紺色のウェアを着てフードを被《かぶ》っている。彼はすっと仁美の横に並んで、フードをちょっと上げ、白い歯を見せて笑った。

「もう少しゆっくり走ったら、どう？　このままだとすぐに息切れしてしまうよ」

仁美はほっとしてペースを緩めた。彼を完全に信用したわけではなかったけれど、襲いかかってくるようなタイプではない、と思った。

走りながら彼は自己紹介をした。

仁美は名前を言うだけで精一杯だった。早いペースで走ったせいで息切れがしていたから。

それが加藤くんとの出会いだった。

彼は高校生でボクシングをしている。ジョギングだったら、いつでもつきあうよ、と別れ際に彼は言った。ボディガードにもなるだろう？

その日から毎日のように加藤くんと一緒に走っている。彼と一緒だと、気がつかないうちに長い距離、長い時間走っている。それでいて、疲れない。ジョギングのパートナーとしては、最高だった。

市民マラソン大会に出場する、と仁美が言うと、そりゃいいや、と彼は笑って、ひとつだけアドバイスをしてくれた。

「楽に走ればいいんだよ」

彼のアドバイスのおかげで不安は消えた。十キロ走れなくても、別に死ぬわけじゃない。楽に楽しんで走れば、それでいい。

応援に行くよ、と、今朝会った時に加藤くんは言った。頑張って、と肩をポンとたたいた。

うん、と仁美はうなずいた。

「仁美」とママの声が聞こえた。「食事の用意ができたわよ」

はい、と答えて、仁美は起き上がった。ベッドから飛び下りて部屋を出る。オリーブオイルとガーリックの香ばしい匂いが漂って来て、お腹がぐうと鳴った。

快晴無風。絶好のスポーツ日和だった。

午前十時のスタートなのに、一時間前には大勢の人が公園の広場には集まっていた。受付の手続きを済ませ、ゼッケンをつけて、ウォーミングアップを始めている人もいる。祐介たちとの待ち合わせは、公園の入口。でも、そこを待ち合わせ場所にしている人が多くて、すごく混雑している。

ママは緊張しているのか、少し顔色が悪い。どうせ汗で流れ落ちてしまうのに薄く化粧しているし、髪の毛は念入りにブローされている。ママは落ち着かない様子であたりを見回し、仁美が声をかけても生返事をするだけだ。

九時ちょうどにパパと祐介が連れ立ってやって来た。お揃いのウォームアップスーツを着て、スポーツバッグを抱えた姿は、結構、様になっている。

よお、と手を上げて、パパはサングラスを外した。

ハイ、と仁美は手を上げる。

「時間通りじゃん」

「約束は守るって言っただろう？」

パパがにこにこしながら言った。

「走り終わるまではわからないわよ」

　ママが口をはさむ。

「ねぇ、ママ、今日は喧嘩をしに来たわけじゃないんだから」

「もちろん」とママはうなずいた。「今日は走るために来たのよ」

「仁美」と祐介が言った。「受付をしなくていいの？」

　そうだった。忘れるところだった。仁美が受付所に向かって歩き始めると、三人がぞろぞろとあとを追う。

　祐介、随分たくましくなったじゃない、とママが話しかけている。

「そうかな？」

「そうよ、男っぽくなったわ」

　受付の列に並び、用紙に名前を書き込んで、ゼッケンを受け取る。ゴールしたら、ゼッケンと引き替えに完走証が渡される。

　ウェアの胸と背中にゼッケンをつけて、ウォーミングアップを始めた。パパと祐介はふたりで組んで、本格的にストレッチをやっている。パパのお腹のたるみは目立たなくなっている。ママのウェアにゼッケンをつけてあげていると、仁美ちゃん、と声をかけられた。

　加藤くんだった。

　こんにちは、とママに礼儀正しく挨拶をして、それから、頑張って、と仁美に言った。

「ゴールで待ってるよ」

「うん、ゴールに飛び込んだら、抱きとめてね」

一瞬、加藤くんはぎょっとした顔になった。ママも啞然《あぜん》としている。冗談よ、と仁美が笑うと、ふたりともほっとする。半分本気なんだけど、と仁美は心のなかでつぶやいた。

彼は誰？　どんなおつきあい？　としつこく詮索を始めたママの手を引いて、スタートの列に加わる。仁美の横にはママ、ママの横にはパパ、パパの横には祐介。どれくらいの参加者がいるのだろう？　スタートラインまでぎっしりと人で埋まっている。

スタート一分前、とアナウンスがある。

ママが手をぎゅっと握ってきた。大丈夫、と仁美はママの手を握り返す。胸がどきどきするけれど、不安は感じない。楽に走ればいい。加藤くんの声が聞こえるようだ。

「あたし、ちょっと気分が悪くなってきた」

ママがつぶやいた。

パパがちらりとママの顔を見る。心配そうだ。仁美はママの手を放した。ママは緊張しているのか、仁美が手を放したことにも気づかないようだ。

仁美はパパに目配せする。ママのことは任せたから。パパはゆっくりとうなずいて、仁美は片目を閉じて見せる。

祐介はしきりに腕時計をいじっている。何度もボタンを押しては、手を振り、またボタンを押す。

ブレザーコートを着たおじさんが、スタートラインの横に立ってピストルを青い空に向かって差しあげた。

ピストルの音が響き渡ると同時に、参加者が一斉に走り始めた。

最初はゆっくりと、すぐにスピードが上がる。

ママがなにかにつまずいて転びかけた。

パパが手を出して、ママを抱きとめた。

少し遅れてふたりは並んで走り始める。

もう大丈夫だ、と仁美は思う。あとは十キロ走るだけでいい。いつものペースで、気分を楽にして、楽しく走るだけでいい。

気がつくと、祐介がななめうしろを走っていた。

ピッピッと電子音が響いている。祐介は電子音に合わせて走っているようだ。お先に、と余裕の笑みを浮かべて、仁美を追い抜いていった。

そんなに急がなくていいのに、と思いながら、仁美はうしろを振り返った。

パパとママは仲良く肩を並べて、世間話をしながら、散歩でもしているみたいに走っていた。パパもママも穏やかな顔をしている。

仁美は両親に手を振って、まっすぐに前を見て走る。いつのまにか、公園の出口に近づいている。木立ちの向こうに体育館が見えてくる。仁美、頑張れ、と加藤くんの声が聞こえる。沿道で手を振る彼に笑顔を向けて、仁美は軽やかに足を踏み出す。透明な空気が体を満たし、秋の光が柔らかな毛布のように体を包み込む。

ゴールまで、あと九・五キロ。

解説

北上次郎

いやあ、うまいなあ。久々に本書を再読したが、また唸《うな》っている。

本書は七編の短編を収録した作品集だが、テーマはすべてスポーツだ。テニス、野球、柔道、ゴルフ、バスケットボール、ジョギング――とさまざまな競技が次々に登場する。ようするに、スポーツ小説の作品集ということだから、それだけなら珍しいわけではない。語り手が小学生から中学生、そして高校生などの少年少女であることも、よくあることに過ぎない。驚くべきは三つめの特徴だ。その競技の中身が、なんと描かれないのだ。スポーツ小説としては異色中の異色と言っていい。

いや、正確に書くならば、まったく描かれないわけではない。バスケットを描く「ふたりの相棒」では、珠子《たまこ》のボールが簡単に取られてしまうディテールが描かれるし、家族四人が十キロのマラソン大会に出る「家族が走る日」では、その大会の様子が描かれる。だから、スポーツの中身がまったく描かれないわけではない。

しかし「野球家族」という短編を読まれたい。ここに、主人公の忠太《ちゆうた》少年が野球をするシーンはまったく出てこない。父親の指導のもと、素振りするシーンがあるだけだ。忠太少年は本当はサッカーが好きで、ひそかに「サッカーマガジン」を愛読している。勉強机の上に教科書と参考書を広げ、いつ部屋のドアが開いて父や母が入ってきてもごまかせる態勢を作ってから「サッカーマガジン」を取り出すのだ。そのくだりを引く。

「表紙を見ただけで、胸がどきどきする。ページをめくる。興奮がたかまる。グラビアページに目をやると、もう平静ではいられない。胸全体が心臓になったみたいに動悸《どうき》が激しくなり、頭がかっとして、のどが渇き、頬がほてってくる。鍛えられた肉体を持ち、音楽的に躍動することができる、サッカー選手たちの姿が鮮やかにとらえられている写真に目がくぎづけになる」

そんなにサッカーが好きなのに、隠れてサッカー雑誌を読んでいるのは両親に反対されているからだ。父は熱烈なジャイアンツファンで、母はホエールズファン。つまり熱烈な野球ファンなのだが、だからといってテレビのサッカー中継まで見るのを禁止というのは行き過ぎている。なぜそこまで両親がサッカーを敵視している（そうとしか思えない）のかは、最後に明らかになる。この忠太少年、中学に入ったときはよっぽどサッカー部に入部しようかと部室の前まで行ったものの、結局は断念。というふうに進んでいく話で、ある日父親の態度に疑問を持った忠太がその後をつけると――と展開していく。意外な方向に進んでいくのがうまい。

この忠太少年は父親に向かって「つまり、父はぼくと別行動を取る、ということですね？」と言ったりするから、少し変わっている。とうさん、ではなく、面と向かって「父」と言うのだ。それはともかく、野球やサッカーなど、スポーツの実際の場面はいっさい描かれないのに、スポーツが人の感情に訴えかけてくることを鮮やかに描いていることに留意。ひらたく言えば、実際の野球シーンはなくてもスポーツの感動を与えてくれるのである。この特徴が本書をもっとも屹立《きつりつ》させていることは何度繰り返してもいい。ホントに素晴らしい。

個人的にいちばん好きな短編は「決戦は金曜日」だ。主人公は中学生の健太《けんた》で、彼は週に三回、地域センターの体育館で開かれている柔道教室に通っている。体育館の一角に畳が敷きつめられ、そこで指導を受けるのだ。

まずはその練習風景が描かれる。頑固親父《おやじ》をリーダーにした指導者たちの多くは、学生や社会人で、頑固親父の弟子たちだ。ある日、その頑固親父に秋川友里《あきかわゆり》と組むことを指示される。健太が意識している少女だ。襟を取るといきなり体が浮いて回転を始め、きれいに背負い投げを決められる。油断したせいだ、と思っていると、すっと友里の体が動いて、また畳にたたきつけられていた。強いのである。

その友里と、あることを賭けて試合することになるのがクライマックスだが、頑固親父が健太に言うラストの台詞《せりふ》がいい。この「決戦は金曜日」は、『14歳の本棚　部活学園編』（新潮文庫、平成十九年）というアンソロジーに選んだほど好きな作品だが、いま読み返しても素晴らしい。

川西蘭に『セカンドウィンド』という傑作小説があることにも触れておきたい。その第一巻で主人公の溝口《みぞぐち》洋《ひろし》は中学三年。元郵便配達に使われていた自転車に乗って、野山を走りまわっている。小学五年生のとき、村役場主催の競売で手にいれたもので、ロードバイクではないのだが、本人はこの自転車を気にいっている。その溝口洋が、地元の実業団チーム・南雲デンキ自転車部のジュニアクラブの練習に参加することになるのが第一部。まずはそこでさまざまな人間と知り合い、それらのドラマと激しい練習の様子が活写される。第二部では、そのジュニアクラブを離れた溝口洋が、新たな友達田村《たむら》岳《がく》と知り合って、自転車ロードレース大会に出場するまでが描かれる。この『セカンドウィンド』は第二巻、第三巻と書かれているが、克明に描かれるロードレースのディテールが圧巻。私は、自転車ロードレースにジュニアの部があることも知らなかった素人だが、こんなにも激しいスポーツであったのかと驚く。人物造形もいいので一気に物語に引きずり込まれるが、重要なのは、川西蘭がこのようにスポーツを真正面から描くことが出来る作家であるということだ。その作家がこの『ひかる、汗』においては、正面から描くことをあえて封印したということだ。この側面を押さえておきたい。

最後になるが、文庫化に際して書き下ろされた一編「魔女の抱擁」についても、少しだけ触れておきたい。これにも驚いた。ここで描かれるスポーツはeスポーツだ。エレクトロニック・スポーツ、つまりはビデオゲームを使った対戦のことで、二〇一八年のアジア大会ではデモンストレーション競技として採用され、二〇二二年の大会では正式にメダル種目としての採用が決定している。オリンピックでもメダル種目としての採用は時間の問題と言われている新時代のスポーツである。

さらに素晴らしいのは、「魔女の抱擁」においてその競技者が老婆であることと、その競技の内容がここではいっさい描かれないこと。本文庫に収録の他の短編と見事に融合しているのである。eスポーツは、老婆ともう一人の競技者を結ぶものであるのだ。その新たな繋《つな》がりを静かに描き出している。

（きたがみ・じろう　書評家）

本書は一九九八年六月、集英社文庫として刊行された『ひかる汗』を改題・再編集し、新たに「魔女の抱擁」を加えました。

単行本
『光る汗』一九九五年三月　集英社刊

初出
魔女の抱擁　書き下ろし
テニスの時間　「小説すばる」一九九四年一月号
野球家族　「小説すばる」一九九四年三月号
決戦は金曜日　「小説すばる」一九九四年六月号
オン・ザ・グリーン　「小説すばる」一九九四年七月号
ふたりの相棒　「小説すばる」一九九四年九月号
家族が走る日　「小説すばる」一九九四年十二月号

本文デザイン／目崎羽衣（テラエンジン）
イラストレーション／こより

集英社文庫　目録（日本文学）

川上健一　翼はいつまでも
川上健一　四月になれば彼女は
川上健一　渾身
川上弘美　風花
川上弘美　東京日記1＋2 卵一個ぶんのお祝い。／ほかに踊りを知らない。
川上弘美　東京日記3＋4 ナマズの幸運。／不良になりました。
川西政明　決定版評伝 渡辺淳一
川西蘭　ひかる、汗
川端康成　伊豆の踊子
川端裕人　銀河のワールドカップ
川端裕人　今ここにいるぼくらは
川端裕人　風のダンデライオン 銀河のワールドカップ ガールズ
川端裕人　雲の王
川端裕人・三島和夫　8時間睡眠のウソ。日本人の眠り、8つの新常識
川端裕人　天空の約束
川端裕人　エピデミック

川端裕人　空よりも遠く、のびやかに
川村二郎　孤高 国語学者大野晋の生涯
川本三郎　小説を、映画を、鉄道が走る
姜尚中　在日
姜尚中・森達也　戦争の世紀を超えて その場所で語られるべき戦争の記憶がある
姜尚中　母―オモニ―
姜尚中　心
神田茜　ぼくの守る星
神田茜　母のあしおと
木内昇　新選組 幕末の青嵐
木内昇　新選組裏表《うらうえ》録 地虫鳴く
木内昇　漂砂のうたう
木内昇　櫛《くし》挽《ひき》道《ち》守《もり》
木内昇　みちくさ道中
木内昇　火《ほ》影《かげ》に咲く
樹島千草　太陽の子 GIFT OF FIRE

岸本裕紀子　定年女子 これからの仕事、生活、やりたいこと
岸本裕紀子　定年女子 60を過ぎて働くということ
喜多喜久　真夏の異邦人 超常現象研究会のフィールドワーク
喜多喜久　リケコイ。
喜多喜久　マダラ 死を呼ぶ悪魔のアプリ
喜多喜久　青矢先輩と私の探偵部活動
北杜夫　船乗りクプクプの冒険
北大路公子　石の裏にも三年 キミコのダンゴ虫的日常
北大路公子　晴れても雪でも キミコのダンゴ虫的日常
北大路公子　いやよいやよも旅のうち
北方謙三　逃《の》がれの街
北方謙三　弔鐘《ちょうしょう》はるかなり
北方謙三　第二誕生日
北方謙三　眠りなき夜
北方謙三　逢うには、遠すぎる
北方謙三　檻《おり》

集英社文庫　目録（日本文学）

北方謙三　あれは幻の旗だったのか
北方謙三　渇きの街
北方謙三　牙
北方謙三　危険な夏―挑戦Ⅰ
北方謙三　冬の狼―挑戦Ⅱ
北方謙三　風の聖衣―挑戦Ⅲ
北方謙三　風群の荒野―挑戦Ⅳ
北方謙三　いつか友よ―挑戦Ⅴ
北方謙三　愛《いと》しき女たちへ
北方謙三　傷痕　老犬シリーズⅠ
北方謙三　風葬　老犬シリーズⅡ
北方謙三　望郷　老犬シリーズⅢ
北方謙三　破軍の星
北方謙三　群青　神尾シリーズⅠ
北方謙三　灼光　神尾シリーズⅡ
北方謙三　炎天　神尾シリーズⅢ

北方謙三　流塵　神尾シリーズⅣ
北方謙三　林蔵の貌《かお》（上）（下）
北方謙三　そして彼が死んだ
北方謙三　波《は》王《おう》の秋《とき》
北方謙三　明るい街へ
北方謙三　彼が狼だった日
北方謙三　罅《ひび》・街の詩《うた》
北方謙三　皹《ひび》・別れの稼業
北方謙三　草莽《そうもう》枯れ行く
北方謙三　風裂　神尾シリーズⅤ
北方謙三　風待ちの港で
北方謙三　海嶺　神尾シリーズⅥ
北方謙三　雨は心だけ濡らす
北方謙三　風の中の女
北方謙三　水滸伝一～十九
北方謙三・編著　替天行道　―北方水滸伝読本

北方謙三　魂の岸辺
北方謙三　棒の哀しみ
北方謙三　君に訣別の時を
北方謙三　楊令伝　一　玄旗の章
北方謙三　楊令伝　二　辺烽の章
北方謙三　楊令伝　三　盤紆の章
北方謙三　楊令伝　四　雷霆の章
北方謙三　楊令伝　五　猩紅の章
北方謙三　楊令伝　六　徂征の章
北方謙三　楊令伝　七　驍騰の章
北方謙三　楊令伝　八　箭激の章
北方謙三　楊令伝　九　遥光の章
北方謙三　楊令伝　十　坡陀の章
北方謙三　楊令伝　十一　傾暉の章
北方謙三　楊令伝　十二　九天の章
北方謙三　楊令伝　十三　青冥の章

集英社文庫　目録（日本文学）

北方謙三　楊令伝　十四　星歳の章
北方謙三　楊令伝　十五　天穹の章
北方謙三・編著　吹毛剣　楊令伝読本
北方謙三　岳飛伝　一　三霊の章
北方謙三　岳飛伝　二　飛流の章
北方謙三　岳飛伝　三　嘶鳴の章
北方謙三　岳飛伝　四　日暈の章
北方謙三　岳飛伝　五　紅星の章
北方謙三　岳飛伝　六　転遠の章
北方謙三　岳飛伝　七　懸軍の章
北方謙三　岳飛伝　八　龍蟠の章
北方謙三　岳飛伝　九　曉角の章
北方謙三　岳飛伝　十　天雷の章
北方謙三　岳飛伝　十一　烽燧の章
北方謙三　コースアゲイン
北方謙三　岳飛伝　十二　飄風の章

北方謙三　岳飛伝　十三　蒼波の章
北方謙三　岳飛伝　十四　撃撞の章
北方謙三　岳飛伝　十五　照影の章
北方謙三　岳飛伝　十六　戎旌の章
北方謙三　岳飛伝　十七　星斗の章
北方謙三・編著　盡忠報国　岳飛伝・大水滸読本
北上次郎　勝手に！文庫解説
北川歩実　金のゆりかご
北川歩実　もう一人の私
北川歩実　硝子のドレス
北村薫　元気でいてよ、R2-D2。
北森鴻　メイン・ディッシュ
北森鴻　孔雀狂想曲
城戸真亜子　ほんわか介護
木下昌輝　絵金、闇を塗る
樹原アンミツ　東京藝大　仏さま研究室

木村元彦　誇り　ドラガン・ストイコビッチの軌跡
木村元彦　悪者見参
木村元彦　オシムの言葉
木村元彦　蹴る群れ
木村元彦　新版　悪者見参　ユーゴスラビアサッカー戦記
木村元彦　争うは本意ならねど　日本サッカーを救った我那覇《がなは》和樹《かずき》と彼を支えた人々の美《ちゅ》らゴール
京極夏彦　どすこい。
京極夏彦　南極。
京極夏彦　文庫版　虚言少年
京極夏彦　文庫版　書《しょ》楼《ろう》弔《とむらい》堂《どう》　破《は》曉《ぎょう》
京極夏彦　文庫版　書《しょ》楼《ろう》弔《とむらい》堂《どう》　炎《えん》昼《ちゅう》
清川妙　人生のお福分け
桐野夏生　リアルワールド
桐野夏生　I'm sorry, mama.
桐野夏生　I N
桐野夏生　バラカ　(上)(下)

集英社文庫

ひかる、汗《あせ》

2021年8月25日　第1刷　　定価はカバーに表示してあります。

著　者　川西《かわにし》　蘭《らん》

発行者　徳永　真

発行所　株式会社　集英社
東京都千代田区一ツ橋2-5-10　〒101-8050
電話　【編集部】03-3230-6095
【読者係】03-3230-6080
【販売部】03-3230-6393（書店専用）

印　刷　凸版印刷株式会社

製　本　凸版印刷株式会社

フォーマットデザイン　アリヤマデザインストア　　マークデザイン　居山浩二

ISBN978-4-08-744285-4 C0193